Marcos Pamplona

Ninguém nos salvará de nós

KOTTER
EDITORIAL

Editor-executivo: Sálvio Nienkötter
Capa: Jussara Salazar
Foto da capa: Rute Valadares
Design editorial: Carlos Garcia Fernandes
Produção: Cristiane Nienkötter

Dados Internacionais de Catalogação na Publicação (CIP)
Angelica Ilacqua CRB-8/7057

Pamplona, Marcos
Ninguém nos salvará de nós / Marcos Pamplona. -- Curitiba : Kotter Editorial, 2021.
144 p. ; 15 x 21 cm

ISBN 978-65-5361-010-1

1. Crônicas portuguesas I. Título

CDD P869.8

21-4873

Kotter Editorial Ltda. - Brasil
Rua das Cerejeiras, 194
CEP: 82700-510 - Curitiba - PR
Tel. + 55(41) 3585-5161
www.kotter.com.br | contato@kotter.com.br

Kotter Editorial Ltda. - Portugal
Rua Miguel Bombarda, 270
10º andar - 2830-289
Barreiro - Portugal
+351 914 896 452
pt.kotter.com.br | contato@kotter.com.br

Feito o depósito legal
1ª Edição
2021

SUMÁRIO

Estas crônicas, escritas em Portugal entre setembro de 2019 e setembro de 2021, devem sua existência à talvez excessiva generosidade de algumas pessoas.

A Rogerio Galindo e Mauricio Ramos sou grato por terem me convidado a integrar a equipe de cronistas do Jornal Plural, voz lúcida e resistente que surgiu naquele momento em que a sôfrega democracia brasileira entrou em colapso.

Ao editor Sálvio Nienkötter, amigo querido, agradeço pela leitura atenta dos textos e pelo incentivo a publicá-los em livro.

A Rute Valadares, que perdeu o barco para subir a ladeira comigo, devo o gesto interminável de me abrir as portas do afeto, como quem acolhe e redime a pobre ideia de haver estrangeiros neste mundo.

Tina e o tempo

A porta bate atrás de mim. Subo as escadas estreitas, escuras, levando as compras que fiz no Pingo Doce. No segundo andar, uma velha baixinha se põe no caminho. Usa um avental clarinho, com bolsos enormes e sem mangas, sobre uma camiseta marrom. Me olha cheia de razão, o rosto largo emoldurado por duas bochechas verticais.

— É o novo vizinho?

Às vezes ainda não entendo as palavras surdas do sotaque português. Ela se irrita:

— É o vizinho de cima?

Apoio as compras no joelho, exausto. Só ando a pé e Lisboa é um eterno sobe e desce. Digo que sim.

— Sou uma velha solitária e doente. Preciso de silêncio e isto se calhar não existe mais.

Olho para ela à espera da acusação.

— Peço-lhe que não faça cá barulhos sobre minha cabeça.

— Pode ficar tranquila, digo, erguendo as compras.

Não tenho paciência com pessoas ranzinzas.

— Tranquila não fico, sou viúva, sou velha e doente. Mas não tolerarei barulhos. Já lá estiveram outras pessoas que me deixaram à beira da loucura.

Abro caminho mansamente entre ela e o próximo lance de escadas.

Quando entro no apartamento, a primeira coisa que faço é fechar as janelas. A cidade foi invadida por turistas jovens e todos eles vêm encher a cara aqui, no Bairro Alto. Os rapazes berram pelas ruas, gargalham, cantam em inglês, alemão, polonês, o ar fica tenso, carregado de uma juventude oclusiva. Se não fecho as janelas, parece que estou dentro de um bar lotado. Mas me disseram que irão embora logo, ao fim das férias escolares. Depois, virão os aposentados, os velhinhos com grana para zanzar pela Terra. Não vejo a hora... (nunca pensei que pudesse sonhar com um desfile silencioso de criaturas decrépitas).

O supermercado aqui me deixa confuso. Compro coisas disparatadas. Agora, por exemplo, tive que inventar um espaguete com sardinhas em lata e azeitonas. Não é ruim. Na verdade, mal reparo no gosto, ocupado que estou com a senhorinha de avental. Imagino-a na poltrona da saleta ruminando rancores, entre imagens de santos e fotos do falecido. Ou não: a velhinha assiste a algum programa de tevê em que um imbecil entrevista outro. Talvez faça isso há décadas. Mudam os imbecis, a velhinha sempre ali, sob a anestesia da luz azul.

Uns três dias depois, estou lavando roupas na máquina e a campainha toca. É a velhinha. Antes de entender o que diz, reparo que as palavras duras que saltam de seu lábio inferior não correspondem à expressão fleumática.

— ... este vazamento na cozinha de vocês. Já três vezes avisei ao proprietário. Isso não é possível. Sou viúva há quatro anos, sou velha e doente. Se não tomarem uma providência chamarei a polícia. A água está a surgir no teto e desce para o meu armário de arrumos.

Convido a velhinha a entrar. Levo-a até a cozinha, onde fica a máquina de lavar. Só então percebo uma poça d'água sob a máquina.

— O senhor não viu isto? Querem me fazer mal. Já três vezes avisei ao proprietário. Não sei se ainda é o mesmo, mas prometeu-me acabar com este importuno. Se não o fizerem chamarei a polícia.

Digo a ela que vou tomar providências imediatas, vou falar com António, o proprietário. Ela me ordena que a avise de tudo, se não chamará a polícia. Demora a sair, repete que é viúva, solitária, doente, os braços caídos, os olhinhos imóveis concentrados no círculo acusatório. Para me livrar dela, peço para ver o vazamento na sua casa.

Seu apartamento é um cubículo que cheira a fritura, cebola, móveis velhos. Vejo ao fundo uma cama de casal antiquíssima, coberta por uma colcha bege. Recordo a cama de meus avós em Porto Alegre, há meio século; penso no sexo mecânico de pessoas atadas por um contrato. Ela entra na cozinha. Me mostra as bolhas de tinta no teto de madeira, que tem pelo menos cem anos. Noto uma espécie de meio fogão sobre um nicho azulejado, onde ela deve cozinhar com a panela pouco abaixo do queixo. Para contemporizar, toco em seu ombro, pergunto seu nome.

— Napoleontina. Chamam-me Tina.

Por um segundo, ela parece desorientada, frágil, humana. Meu interesse por seu nome a comoveu? Ou foi o toque no ombro? Eles não estão acostumados a isso. Mas a velha se recompõe:

— Vou dizer-lhe: eu não transigirei. Ou resolvem isto ou chamo a polícia. Tenho noventa e quatro anos, vivo aqui desde sempre, sou viúva, Artur me ajudava tanto, não posso sequer ir à rua por causa das articulações. A rapariga que me vem cá ajudar às vezes falta. Trate de resolver isto, sou velha, solitária...

Não fui dizer a Napoleontina que o proprietário trocou a máquina, substituiu por uma nova. O vazamento vai parar e ela me deixará em paz. Mas hoje a vi. Estava na sacada. Comia um salgado embrulhado em guardanapo. Um ancião passou pela rua e ela o chamou pelo nome. O homem não ouviu ou não quis falar com ela. Quando terminou o salgado, Tina esticou o braço com o guardanapo na ponta dos dedos. Não, ela não vai jogar lixo na rua, pensei. Isso já não se faz.

O guardanapo voa. Acompanho sua trajetória de borboleta bêbada.

Imagino que minha vizinha terá prazer em vê-lo pousar na rua, prazer de sujar este mundo falsamente limpo. Mas Napoleontina não vê o papel cair. Num giro prosaico sobre os pés, volta para sua penumbra secular.

Perder o barco

Ela precisa pegar o barco das duas. É o último, se perdê-lo terá que passar a noite em Lisboa. Faltam trinta minutos, calculo que precisaria de uns vinte para ir a pé até a estação lá em baixo, no Terreiro do Paço. Ela não dá nenhum sinal de inquietação. Parece interessada em mim, toca muitas vezes em meu braço. Mas fala com muita seriedade, como se fôssemos dois físicos discutindo a teoria das cordas. Ou aqui a sedução é *cosa mentale*, o que é mais provável, ou essa mulher vai embora em instantes. Pergunto se quer mais um chope. Apesar de ser portuguesa (eles chamam chope de "imperial"), ela entende. Responde com um sorriso que ao mesmo tempo acalma e estimula minhas intenções. Por um segundo penso na possibilidade de um amor tranquilo e me emociono: não tenho provas até o momento de que isso exista.

Bebemos no lado de fora do bar, perto de um grupo de jovens ingleses. Eles são intensos, mas falam baixo. Lá dentro uma transexual muito chapada cantarola e dança em frente ao balcão, os seios de silicone quase livres da blusinha rosa. Tudo, inclusive a bela estrangeira com cabelos de Gal Costa à minha frente, é muito novo para mim, mas sei que essa novidade é superficial. No fundo, são sempre as pessoas, desesperadas, rasas por instinto, presas a este círculo de precária consciência e hesitante loucura em que nos consumimos, sem remissão possível.

Ela vê as horas no celular. Arregala os olhos fingindo surpresa.

— Perdi o barco.

Subimos as escadinhas da Calçada do Duque num silêncio atravessado por breves apreensões. Em pouco tempo nos entregaremos um ao outro, e sabemos o que isso pode vir a significar. Ela já viveu o suficiente para sair de uma longa relação mais solitária do que quando entrou. Pelo pouco que me disse nos últimos dias, por uma frase aqui e ali sei que também passou pela desoladora experiência de esquecer-se de si entre paredes erguidas a dois. Mas não devemos pensar nisso, se queremos avançar precisamos ser distraídos, desmemoriados, há que jogar longe as pedras, as mãos só se tocam se estiverem vazias. Além do mais, a coisa toda pode se resumir a uma noite, nunca se sabe.

— Não sei... talvez eu não devesse ter perdido aquele barco, ela diz, irônica.

Segura meu braço e continua a subir.

No alto das escadas decido beijá-la, bem no momento em que ela começa a falar sobre seus dissabores no trabalho. O beijo se perde no ar. Agora somos duas pessoas de névoa caminhando pela cidade milenar, suas mãos longas e finas se movem quase em câmera lenta, estas mãos que tocarão meus lábios, minhas coxas, meu sexo e que também se perderão no ar, como todos os desejos e todos os crimes, todos os murmúrios e todos os gritos, como tudo...

Ela me tira do transe com um olhar terno, longo, termo feliz de abstrações sem fim, como se finalmente encontrasse alguém que amou à distância por anos a fio.

O sol algo saudoso de Lisboa, que me deixa meio aéreo, entra pela porta-janela. Ela fala com a nuca apoiada na mão, o cotovelo no travesseiro. Procuro concentrar-me ao máximo para entendê-la, é difícil, as palavras saem em pequenos pipocos no sotaque português. E há as expressões que não conheço, fixe, porreiro, caraça, gaja gira, às vezes entendo retrospectivamente, através do contexto. Ela recebe tudo o que eu digo com uma atenção serena. Estou hipnotizado pela sua voz um pouco grave, pelo contraste entre os ombros finos e a cabeleira espessa. Passamos o dia assim, sem pressa, sem sono, sem fome. Algo aconteceu, algo que já imaginávamos extinto, percebemos isso um no outro. Lá vamos nós de novo, testar a resistência do encanto inicial, realimentar a fera sedosa que jamais domesticamos.

Ela acende um cigarro.

— Tens uma escova de dentes?

Devíamos sempre pegar o barco, não há o que fazer, mesmo os carinhos mais sutis talvez um dia vertam fel. Mas somos esmagadoramente sós, pequenos, datados. É inevitável perder e perder o barco, de novo e de novo e novamente, até que a nau derradeira nos leve para os longes do mar.

R.

R. é alta, magra. Seus passos leves, se não fraquejam, evitam qualquer alarde. Parece um ser alado que prefere andar. Coloca-se ao nível do chão, embora, talvez, pudesse viver sozinha nas alturas.

Sim, R. escolheu viver rente à realidade. Não alimenta ilusões de completude ou grandeza nem dramatiza pensamentos ruins. É reservada, clara. Quando lhe dirigem a palavra, ajeita os óculos redondos de John Lennon e encara a pessoa de frente. Olha atentamente, com um ligeiro ar de cansaço, como se o interlocutor merecesse respeito mas não lhe pudesse trazer grandes novidades. Quando é surpreendida, arregala um pouco os olhos, dá uma tragada no cigarro. Então bate as cinzas no cinzeiro e rumina algo sobre a novidade, algo que guarda em silêncio.

A mente de R. é agradável como sua casa, não há muita bagunça nem excesso de zelo. As coisas estão ali para dar-lhe conforto na medida do possível, sem ostentação, e são bonitas pelo desapego que revelam. Posso entrar no quarto de sua mente, jogar as roupas no chão e acender um cigarro, deitado, nu, ouvindo-a falar sobre sua agradável infância solitária ou sobre o ódio e o medo que fizeram o Parlamento Europeu desprezar a vida dos refugiados.

Eu gosto de imaginar o que vai pela cabeça desta mulher, mas não lhe digo nada. Gosto de vê-la pensar, gosto de vê-la exalar a fumaça e dizer algo preciso, despretensiosamente. Se me exalto, se devaneio, se fico *down*, ela recebe tudo da mesma forma desassombrada, com um olhar amoroso que me permite sair da posição fetal. A coisa é simples, me diz esse olhar, a vida nos traz poucas alegrias e muitos dissabores, não adianta se debater. Mas tudo pode ficar melhor se entendermos isso, serenos, estoicos.

Fui com R. a um bar e uma desconhecida sentou-se à nossa mesa. Vinha de um *halloween*. Usava uma máscara branca sobre os olhos, meias e vestido pretos. Em poucos minutos soubemos que era natural de Viana do Castelo, no Alto Minho, que era poeta e que tratava os garçons como se fossem tolos. Falava alto, com o carregado sotaque português do Norte. Martelava seus pontos de vista sobre poesia e política como um saloio que discute a superioridade de alguma raça de porcos. Acreditava que os pobres de Portugal eram essencialmente iguais aos pobres do Brasil, não havia quem a convencesse da profundidade paralisante da nossa miséria. Conversava mais comigo, porque R., cansada de papos inúteis, sem ecos, só falava quando lhe apetecia. Quando fomos embora, os dois pra lá de Marrakesh, R. enlaçou minha cintura, beijou meu pescoço e disse:

— Não sei por que insistimos em conhecer pessoas.

Mais tarde, no quarto, R. deitou a cabeça em meus joelhos. Fumou um cigarro de olhos fechados. Algo nela não queria dormir. Talvez o prazer de uma espécie de meia-consciência, a mente no limbo, o *fade-out* dos sentidos.

Acariciei seus cabelos e pensei no Brasil, tão longe e tão pungente. O governo estúpido enganando os imbecis com seu patriotismo delusório. O povo sofrido, abandonado, um imenso rebanho conduzido por pastores perversos. Minha cidade, meus filhos, a palavra "saudade" dita pelo mais novo no Face Time. Uma ruazinha coberta pela copa das árvores, um mendigo que tocava violão. O grande amigo com quem caminhei por trinta anos e que sumiu de repente, levado pelo câncer.

R. submergiu do entressono, meio rouca:

— Desculpa por estar calada. Tudo que eu possa dizer parece-me medíocre. Está distante de tudo que eu sinto ou o que eu penso.

Passou os dedos pela minha canela. Mas em vez de calar-se, acendeu outro cigarro e me falou dos velhos restaurantes da capital, quase extintos pela gentrificação.

— Vias a cozinheira muito gorda e gordurosa na cozinha, os bêbados de estimação no balcão. Sentias o cheiro do tempo neles...

Antes de adormecer, concluiu:

— Essa decadência boa em Lisboa perdeu-se.

Atravessei o oceano para conhecer outro país, cansado do meu. Queria aproveitar os anos que ainda tenho para viver entre pessoas que se respeitam, num outro padrão ético, pouco me importando se a sua tranquilidade foi conquistada por pilhagens marítimas. Embora às vezes me sinta num autoexílio, as coisas se deram mais ou menos como imaginei. Mas a verdade é que não vivo exatamente em outro país. Moro num apartamento qualquer e fico em casa escrevendo. Quase só vou à rua para comprar comida ou sacar dinheiro, o que faço sempre nos mesmos lugares.

Acho que vim tão longe para finalmente morar em mim. Fora alguns velhos fumos de amargura, é um bom lugar. Os dias passam numa relativa paz. E quando anoitece, R. chega, como um pássaro que prefere andar. Às vezes me convida para ir a sua casa, no outro lado do Tejo.

— Sempre cruzamos o rio?

O senhor está bem?

Eu desço a ladeira no carrinho de rolimã. Mantenho os pés firmes na trave da direção, o corpo tremendo pelo impacto das rodas de aço na calçada cheia de emendas. Tenho a impressão de que todos me olham com inveja e admiração, sou o mais veloz e mais hábil dos pilotos de carrinho de rolimã do mundo, o barulho me excita, a vertigem me fascina e amedronta, a bunda dói sobre a tábua dura que seguro com firmeza, entro na curva, a traseira derrapa e o carrinho tomba – rolo nas lajes esfolando joelhos cotovelos ancas. Caio deitado na grama. Vejo o céu, humilhado, esmagado pela minha óbvia inabilidade. Demoro para me erguer, que pelo menos as pessoas pensem que a coisa foi séria, afinal eu andava mais rápido do que qualquer um. Quando me levanto, olho em volta: não há ninguém. Sem testemunhas, volto a ser pequeno, inexperiente, livre para errar. Me sento no meio-fio para examinar os ferimentos. Não há nada grave, mas o cotovelo esquerdo arde muito. Instintivamente volto os olhos para minha casa: sei que ali sempre me salvarão dos perigos da rua, basta gritar. Vou tentar de novo. Subo a ladeira com o carrinho sob o braço, contra o sol. O dia é imenso. Estou no tempo e fora dele, sou um presente contínuo. Sou insciente, eterno.

— O senhor está bem?, me pergunta uma voz de mulher.

Percebo que estou parado na esquina, braços caídos, olhando para o chão. Ergo o rosto e vejo uma portuguesinha de meia-idade com um dachshund no colo. O cachorrinho e ela me encaram com a mesma curiosidade quase aflita nos olhos.

— Sim, sim, digo sorrindo. Está tudo bem.

— Pensei que estivesse a desmaiar...

Agradeço a ela, sigo meu caminho. Me viro para trás e a mulher ainda está me olhando.

Não é nada, minha senhora, direi dias mais tarde escrevendo uma crônica. É só a memória bagunçando a cartografia, misturando tempos e espaços. Veja só, eu descia esta ruazinha de paralelepípedos em que estamos, em Lisboa, a uma distância oceânica do sul do Brasil, e algo, talvez a luz suave nas pedras polidas pelos pneus, me fez lembrar das brincadeiras na rua Arapongas, em Porto Alegre, onde passei parte da infância há quase meio século. De tal modo, minha senhora, que ando pela Travessa da Queimada em 2019 e desemboco na rua Arapongas, em 1972. Depois, volto à Queimada, por onde ando para ir ao trabalho com este jeito dissimuladamente firme de um quase morto que leva aprisionado na memória o fantasma de um menino. O fantasma grita de alegria, um grito cristalino que se insurge sob o entulho dos anos, tento erguer os ombros mas sei que é só vaidade parecer forte, presente, útil. Ninguém chega a nenhuma grandeza depois de perder a vadiagem de uma criança.

Esta rua, mulher sem nome, minha estranha irmã, é o caminho apequenado pela grandeza de sofrer. É a estreita via entre vastos nadas povoados por vozes vãs, melancolias longas e o fumo do ódio, a fumaça do amor. Não me aperte ou julgue assim tão certa de saber quem você é na ignorância do seu ser. Somos iguais pelo menos nisso: olhamos o bico do sapato, a impermanência da rua e sabemos o tamanho da ilusão de ter. A senhora me desculpe, mas a sua curiosidade sobre mim é a minha curiosidade sobre o seu olhar, os seus braços e o seu cão. Como pode haver tão decantada pedra em tamanha solidão? Somos feitos de aço e vapor? A realidade não presta, só nos resta a imaginação?

Entrei num café, pedi um pastel de creme. A mulher atrás do balcão ligou uma tevê suspensa. Na RTP um repórter, diretamente do campo de batalha, falou sobre a ofensiva turca na fronteira com a Síria. Os homens em conflito e os entes mais ou menos fantásticos da memória subitamente me pareceram personagens do mesmo teatro rarefeito, matéria de um sonho vulgar que aguarda o despertar.

Velho e menino

O velho e o menino fazem um castelo. O menino, com um baldinho verde, amontoa areia mecanicamente. O velho, de joelhos, vai devagar, preso a detalhes: aplaina os montes, ergue torres, cava fossos, faz pontes com pedacinhos de madeira. O menino para às vezes ao lado do velho para observar seu trabalho, às vezes joga areia sobre o que ele fez. O velho não se irrita nem repreende o garoto, limita-se a restaurar o que ele destruiu. É um homem alto, magro, quieto. Parece conversar consigo mesmo. Esta conversa talvez inclua a presença (para ele algo remota) do menino. É como se o velho não esculpisse um castelo, mas um menino perdido.

Os dois usam ferramentas diferentes para realizar a obra. O menino trouxe a imaginação. O velho, a memória.

O menino faz furos com o dedinho no monte de areia e pronto, tem janelas. Cava um buraco na base e eis um portão de entrada. O velho precisa de realismo, já viu muitos castelos. E antes mesmo de vê-los frequentou escolas, onde lhe cobraram a verossimilhança das imagens até eliminar sua leitura interna de nuvens, montanhas, ameias e muralhas. Até apagar dentro dele a potente e subversiva recriação da realidade.

O velho está preso à imagem *que todos têm* de um castelo, e com ela busca malsofrido a infância destroçada. Isso de o menino jogar areia sobre o perfeccionismo do velho é o que devia fazer um verdadeiro mestre, penso, sentado a uma distância conveniente do velho e do menino. Um verdadeiro mestre ensinaria a não buscar o *que todos têm* em mente quando se diz: mar, morte, homem, castelo. Não limitaria a leitura do mundo às reproduções e técnicas conhecidas, como se faz neste modelo carcerário da imaginação em que a expressão não pode (não deve) ser obra de uma subjetividade livre. A liberdade do indivíduo é água fresca minando as pedras do velho castelo ordinário.

Então, meu senhor, abandone esta arquitetura apoiada em medo, pobreza e ignorância. Desmonte "sua" obra e enfie os dedos na areia, como fez o menino ao buscar em si janelas e portais.

O sol está atrás deles, agora os vejo contra as chispas do mar de Carcavelos, quase como figuras de um teatro de sombras.

Um avião traça no céu, alto e preciso, um risco branco – o giz da civilização. O risco se expande, se esfarela, absorvido pelo azul impassível.

O casal de adolescentes deitado perto de mim enlaça as pernas; ela fala algo, ele ri, de um jeito afetado e ingênuo que me comove.

O primeiro vento frio encrespa as ondas. Está ficando tarde, preciso pegar o comboio até o Cais Sodré, voltar para Lisboa. Amanhã é dia de trabalho, de erguer castelos...

Junto minhas coisas. Quando me ergo, olho para os dois construtores. O velho sumiu. O menino destrói a obra com os pés e, de repente, sai correndo aos gritos:

— Abuela! Abuela!

Sua voz aguda se perde na vastidão do mar como um velho nas sombras.

Os dois lados da janela

Cigarro na mão em que apoia o queixo, Rute acompanha as notícias sobre o coronavírus na tevê. Na rua quase vazia, que observo pela janela, os telhados despontam ao sol matutino, parecem ilhas num mar sinistramente imóvel. A jornalista da RTP avisa que o Parlamento pode votar estado de emergência amanhã. Depois, que as farmácias estão atendendo por postigo ou à porta. "Por postigo ou à porta", repito baixinho, com sotaque português. Muito devagar, um casal de velhinhos bem arrumados desce a Travessa da Queimada. A corcunda dele o obriga a erguer a cabeça para olhar em frente. Ignoram o perigo? Ou caminhariam assim até mesmo entre os fumos do apocalipse?

— Está tudo muito estranho – diz Rute antes da tragada funda. Vejo duas telinhas azuis em seus óculos.

Estamos há cinco dias em casa. Já limpamos o apartamento todo. Eu arrumei os livros na estante; ela lavou as cortinas, tapetinhos, capas de almofadas. Às vezes avanço num romance de Vitorino Nemésio, às vezes numa antologia poética de neorrealistas portugueses. Me deito no sofá. Sento na poltrona azul. Diante da mesa da cozinha, insisto na desconfortável cadeirinha de plástico.

Ficamos horas na cama, ela e eu. Dormimos, transamos, fumamos. Contamos histórias de nossas vidas e falamos da vida alheia, sem a inquietação dos compromissos externos

– exceto esperar que, lá fora, o hálito da morte volte à sua exalação normal.

Ligo para os meus filhos, que estão com a mãe deles em Carcavelos. Também já não saem de casa, mas parecem felizes. Minha filha faz lições via *classroom*, os meninos brincam de lego. Hoje passearam um pouco em volta da quadra. Perguntam quando irei vê-los. Digo que não posso pegar comboio nem táxi, mas talvez consiga um carro. Desligo, satisfeito com o vigor tranquilo das crianças.

Então digo a Rute que precisamos de pão, carne e batatas. Macarrão. Seria bom peixe.

— Se decretarem o estado de emergência, a gente não vai poder sair.

Os olhos fixos na tevê, ela concorda. Tira os óculos, esfrega os olhos:

— Definitivamente estamos numa época de aversão ao ser humano. Só agora percebo o quanto nos tocávamos, o quanto estávamos próximos.

Saímos para ir ao Minipreço do Poço dos Negros, que é maior e costuma ter menos gente. Rute envolveu a cabeça numa echarpe, deixando só os olhos de fora. Eu me cobri com o capuz do casaco.

Um vento frio corta as ruas ensolaradas e semidesertas. Quando vem alguém no sentido contrário, tentamos manter a naturalidade, mas mudamos de calçada. Os outros fazem o mesmo, numa dança de evitações conduzida pelo vírus. Eu tusso, Rute se afasta com os olhos arregalados. Depois ri, debochada.

Numa esquina, a aparição súbita de um pai com sua filhinha nos assombra. Eles passam muito perto de nós; a menina, saltitante, roça minhas pernas. Rute e eu nos entreolhamos, consternados. É terrível ver uma criança como um corvo de Poe.

Perto do Minipreço, percebemos que há uma fila diante da porta. Estão controlando o número de pessoas que entram no supermercado. Com as sacolas vazias nas mãos, estacamos. Por um momento também ficamos vazios, aparvalhados e vazios. Constrangimento de se esquivar de seres humanos, medo, necessidade de comer – não sabemos o que fazer. Enfim, ela põe de leve a mão no meu ombro:

— Podemos comprar pela internet, como a tua amiga fez. Eles entregam na porta, não entram em casa. Se calhar não é preciso tocar no dinheiro, paga-se com multibanco.

Resolvemos voltar. O vento frio provoca em mim uma ligeira dor de cabeça; a morbidez da imaginação, contaminada pelo vírus, me faz pensar que essa dor é um sintoma do pior. A mesma morbidez me leva a perguntar se eu ofegava assim antes, ao subir as ladeiras do Bairro Alto. Não tenho certeza, acredito que sim.

Nossos passos são lentos, carregamos nas sacolas o peso imponderável de um mundo doente.

Entramos em casa aliviados, embora não seja impossível que tenha entrado conosco o inimigo invisível. Rute liga de novo a tevê, quer saber se fecharam as fronteiras do país. Surge a propaganda de um carro elétrico de luxo. Falo a ela sobre o *nonsense* daquilo, oferecerem carros para meia dúzia de ricos num cenário de peste. "Esse egoísmo", escreveu-me ontem o poeta angolano, "essa indiferença pelo outro nos isolou, muito antes do coronavírus..." As notícias voltam, já fecharam a fronteira com a Espanha. A União Europeia quer fechar todos os países.

Rute divide a atenção entre as notícias e o celular. Eu me deito no sofá, acendo um cigarro. Isso vai durar. Sempre quis que as pessoas parassem de correr, produzir, consumir, empobrecer o mundo com suas mesquinhas ambições. Sempre quis que olhassem para dentro de si e de lá tirassem algo mais valioso do que trabalhar, vencer.

Agora tenho medo que enlouqueçam.

Sobre Camões

Cinco pombos descem juntos a Rua do Diário de Notícias. No passinho manco, a comitiva vem sem hesitar: sabe que não encontrará pessoas nem migalhas pelo caminho. Ora de um ângulo ora de outro, as cabecinhas mecânicas enquadram a rua deserta, melancolicamente ensolarada.

O céu azul-claro envolve a cidade adoecida como um lençol esterilizado.

Uma, duas, três... nove doídas badaladas: o sino da Igreja de São Roque agrava um silêncio mortal.

Os pombos passam pelo mercadinho de Nishan Singh. A porta verde está fechada. Até mesmo o incansável comerciante paquistanês isolou-se em casa. O pombo da frente faz uma pequena pausa, os outros obedecem. Parecem deixar que a imagem de Nishan – turbante roxo de sirkh, meio-riso de mercador milenar – embarque em sua memória. Feito isso, podem continuar em frente: Nishan está com eles.

Seguem-nos os olhos rancorosos de dona Napoleontina. Debruçada à janela, o indicador direito protegido por uma dedeira amarela, a velhinha engole tangerinas ao sol, protegida pelo avental puído das velhas submissas dos tempos de Salazar. Segura a fruta e um guardanapo de papel, com o qual às vezes enxuga a boquinha azeda. Seus cabelos brancos deveriam inspirar ternura, especialmente nestes dias lúgubres em que os mais velhos caem como moscas. Mas, impávida,

Napoleontina destila seu amargor acusativo, mistura fel ao bagaço da tangerina que cospe na rua ao fim de cada gomo. Termina de comer, lança no ar as cascas e o guardanapo. Caem no chão sem estrondo, os pombos até dão um pulinho, mas não se detêm.

A pandemia afastou todos. Onde estão os alemães, franceses, brasileiros, russos, japoneses que comiam bacalhau sentados na rua, sob os toldos coloridos, amolecendo as almas frívolas com ginja e vinho?, parecem se perguntar os pombos.

— Voltaram todos para os seus países, para as suas casas, para o espelho torturante das intimidades forçadas – responde o olho de vidro das vitrines.

Os pombos diminuem o passo, dobram à esquerda na Travessa da Espera. Um deles olha para trás: terá visto o espectro de Ermelindo? Talvez sua figura sempre tão eloquente, menu nas mãos como vara de pescar turistas para o bar de tapas, tenha emitido um eco. Ermelindo usava uma velha boina italiana, falava meia dúzia de palavras em várias línguas e trabalhava doze horas por dia para ganhar uns trocos por fora. Dizem que, antes de fecharem o bar, mandaram o pobre para casa com febre... O pombo atrasado se vira ligeiro, apressa-se a alcançar os outros.

Agora marcham pela Rua do Norte, em direção à Praça Luís de Camões. Não olham para a papelaria do nepalês que vendia bilhetes de loteria (as pessoas trocaram compulsoriamente os sonhos de riqueza pelo medo). Ignoram os carros enluvados de pó (as pessoas fugiram do destino imediato).

No fim da rua, o mendigo que remexe no lixo e o cão esquelético ao seu lado compõem com os pombos uma irmandade de esquecidos.

Cruzam os trilhos da Rua do Loreto, por onde agora só passam elétricos vazios, conduzidos por motorneiros mascarados. O louco erudito do Cais Sodré subiu as ladeiras e está no centro da praça, agitando os braços magros, lançando perdigotos na barba apocalíptica:

— Se não morrerem de peste morrerão de soberba! A humanidade é um Titanic, submergirá com ela a cobiça e a indiferença!

Os pombos arrulham com o ceticismo dos velhos encatarrados. O que veio à frente alça voo, pousa sobre a cabeça de Camões. Do alto da estátua de uma das criaturas mais divinas que emergiu dos erros da civilização, olhos palpitantes de incerteza, examina a cidade de Lisboa: nada se move, nada visível se move.

Deixa um comentário em branco na coroa de louros do poeta e ganha o céu.

A Ponte

— ... não facilite – mantenha-se em casa – siga as recomendações da Direção Geral da Saúde – nesta páscoa, não facilite – mantenha-se em casa – siga as recomendações da Direção Geral da Saúde – nesta páscoa...

A voz que ecoa entre os prédios, em *looping*, nasce do abismo. É uma voz feminina, firme, mas não autoritária. Sobe dos miasmas da terra até minha gaiola no céu. Nos intervalos, ouço o vento, saboreio a calma luminosidade do dia. Um pouco constrangido, confesso a mim que o vírus me fez um favor: deteve a máquina que me fazia culpado pelo amor à vagabundagem. Não me alisto entre os adictos do trabalho. Sempre preferi andar sem destino definido, pensando a esmo. Andar agora não posso. Mas posso divagar do jeito que gosto, olhando o rabanete que murcha, o raro avião que passa, meus pés ao sol como raízes arrancadas – não sinto na nuca o dedo do dever, o hálito azedo das obrigações.

O dia está lindo. Umas poucas nuvens passeiam unidas pela leveza. Do meu posto à janela, nunca tinha visto a ponte Vasco da Gama com tanta nitidez. Posso abarcar com os olhos os muitos quilômetros de sua ondulação suave sobre o Tejo. Só um carro a atravessa, minúsculo, a caminho de Lisboa.

Da mureta do terraço, olho os edifícios iluminados pela brandura, ouço o silêncio das ruas de ninguém. Ao longe, no espaço arborizado da praça, uma pessoinha sentada num banco, imóvel. Não, não é só a ponte, todo o Barreiro está muito nítido. Ontem, aliás, a lua estava tão gorda, tão cheia de si.

É evidente que, sem os fumos da indústria humana, a natureza já se refez um pouco. Acalmou-se, respirou. Ainda medrosa do que houve, ensaia horizontes inviolados, montanhas, pássaros, cidades precisas como maquetes. Abre perspectivas que nós, em nossas gaiolas, havíamos esquecido. Nós, que toldamos o céu.

Imagino o que aconteceria se continuássemos presos pela mão invisível desse vírus, um *sniper* sutil que mira verdades mais vis e menores do que ele. Se tais verdades – dinheiro, família, pátria, deus, glória e demais eufemismos de solidão – caíssem como moscas sob o *spray* do "próximo". Se aqueles a quem fomos indiferentes nos matassem e fossem mortos por nós, numa escala crescente, anos e anos a fio. E ao fim restassem uns poucos pálidos sobreviventes, diante de uma natureza imune, refeita, uma cornucópia de seres multifários e instintivos dizendo "sim" para estes homens esquecidos, que saem de seus esconderijos com a memória flagelada pelo Não.

Vamos supor pouquíssimos homens, meia dúzia de criaturas esqueléticas que não comeram carne humana para evitar contrair o vírus. Viveram de restos, raspas, sombras. Por algum motivo não tombaram. Passo a passo, eles ganhariam as ruas cobertas de mato, experimentariam o assombro de serem arqueólogos de seu próprio mundo. Veriam placas de contramão apagando-se sob a ferrugem; cartazes anunciando crédito fácil para o nada; escolas abismadas em ecos de pios, grunhidos e relinchos. Chegariam a uma praça, como esta que vejo da minha gaiola no céu.

Ali, entre vacas, canários, cães e porcos comeriam folhas. Depois, perseguiriam galinhas.

Me pergunto o que essas criaturas, depois de recobrarem a força, o cálculo, a volúpia da palavra, o que essas criaturas fariam...

Ouço os passos dela atrás de mim. Eu amo seus passos lentos, de garça atenta. Sei que anda inquieta, sei que este isolamento é um espelho claro demais da nossa insuficiência. Ela põe a mão em meu ombro, olha o céu:

— Ficou tudo tão claro...

Ninguém nos salvará de nós

Afunda na poltrona vermelha. Ergue um joelho, encosta nele os lábios. Com uma das mãos puxa contra si a coxa; a outra vai massageando, um por um, os dedinhos do pé suspenso. E fica olhando para o nada, numa divagação fetal.

Uma haste dos meus óculos quebrou, resta só a pontinha. Teria que ir a uma ótica, mas continuam fechadas, como quase todo comércio. Por isso estou fazendo essa prótese com um tubo de caneta Stabilo. Com o isqueiro vou amolecer e achatar o tubo na parte que se apoiará na orelha.

— Foram mais vinte e oito mortes aqui, havia dito Rute ainda há pouco, antes de enroscar-se em seu próprio corpo.

— Onde?, respondo agora, passando Super Cola no que sobrou da haste .

— Não me estás a ouvir... Aqui, em Portugal, vinte e oito mortes. É pouco comparativamente. Supõe-se que estamos a descer o planalto, se calhar em breve sairemos desta situação. Viste os Estados Unidos?

No começo as notícias me interessavam, causavam espanto e um certo *frisson*. Agora o número de mortos e infectados me lembra o abutre que come eternamente o fígado de Prometeu. Um castigo determinado por poderes invisíveis, um flagelo diário que me atinge preso aos dias neste apartamento.

Quando se alongam, até as tragédias se tornam monótonas, penso, enfiando a pontinha da haste no buraco da

Stabilo. Além disso, minha namorada tem razão: já não lhe dou a mesma atenção; estamos há um mês e meio confinados aqui, como tripulantes de uma estação orbital. Nossos movimentos, silenciosos, medidos, buscam não aumentar a ansiedade abúlica do outro. Cercados pelo vácuo que se fez, não podemos ir para fora. E ninguém virá para nos salvar de nós.

Ela abandona o transe, abaixa a perna. Só então me lembro de comentar (com a vagueza necessária) o que mal sei que ela disse há pouco:

— Enquanto isso, lá no Brasil... o genocídio mal começou.

Sem dizer nada – um pouco pelos brasileiros, um pouco pelo meu desinteresse – ela suspira. Sai arrastando os chinelos, se enfia no quarto. Penso em ir atrás, mas não saberia consolá-la de mim.

Ponho a geringonça para secar sobre uma toalha de papel. Examino-a: eu devia ter achatado o tubo antes, agora o calor da chama pode soltar a cola.

A brisa entra pela janela, num convite suave e perigoso.

Considero a possibilidade de colocar minha máscara e caminhar pelo Barreiro. Ir, talvez, até a prainha do Tejo, a dos velhos moinhos brancos, andar na curva frouxa da orla. Voltar a sentir o frêmito de fumar diante do rio, o rosto se consumindo ao vento como a brasa do cigarro. Mas, além do perigo físico, experimento o poder metafórico do vírus: quanto mais fico preso aqui, mais remota me parece a vida lá fora. Como se, para além daquela porta, projetassem um filme antigo que traz emoções já abandonadas pelo imaginário coletivo. Algo nas ruas (ou a falta ubíqua de algo) recorda o cenário pós-apocalíptico da grande cena de Planeta dos Macacos: o capitão George Taylor diante da Estátua da Liberdade, subsumida na areia – um Charlton Heston de joelhos, consternado, envergonhado pelo fim brutal que nossa civilização megalomaníaca encontrou.

Mas os homens daquele tempo temiam ver o mundo explodir sob a pressão da ganância. Nós, os de hoje, mesmo que secretamente, talvez o desejemos.

Leonardo me liga pelo vídeo do Whatsapp. Fala da situação da pandemia em Florianópolis, pergunta como estou e vai ao ponto: durante o confinamento, a namorada terminou com ele.

— Por telefone, pai!

As justificativas não o convenceram, está inconsolável. Dou-lhe alguns conselhos positivos, inúteis, pensando que ele tem vinte e dois anos, a vida pela frente e essa menina sumirá em meio ao pó do tropel das ilusões.

Ele ouve o que digo, vejo em seus olhos um respeito protetor.

— Claro, você tem razão. Claro...

Seu ar contido me lembra que os jovens não confiam nos mais velhos; pego atalhos, me calo. Ele me diz pra eu me cuidar etc. Desliga. No Whatsapp pipocam as palavras "Foi bom falar contigo" e um coração kitsch. Mando outro e sinto algo grande e imperfeito tornar-se belo e frágil como a Terra vista da lua.

... que motivos teriam os jovens para confiar nos mais velhos? Esta beleza de mundo que legamos a eles? Penso nas possibilidades que tem o Leo de viver num mundo solidário, sustentável, capaz de compreender e encurtar diferenças, injustiças. Nas possibilidades que tem ele de ser o homem que não fui.

Coloco o celular sobre a mesa como a peça difícil de um puzzle.

Em que curva imperceptível da história nos tornamos os carrascos de nossos próprios filhos?

Rute está dormindo a sono solto. A cola secou. Experimento os óculos com a prótese. A Stabilo, reta e grossa, fica empurrando a ponta da minha orelha, escorrega, cai. Pego o isqueiro para achatá-la. Com a chama acesa no ar, hesito.

Mas o que tanto ainda quero ver?

Mergulho

"Life's but a walking shadow..." W.S.

Nossas pernas, braços, o livro, um anel... sobre a turva areia do lençol, repousam os vestígios de um naufrágio.

Colidimos com o invisível, afundamos nos debatendo, milhas e milhas por um silêncio abissal. Agora nossos despojos aqui estão, desconexos, libertos de amanhãs e ontens, neste presente contínuo que abole a História. Algas pardas, verdes, vermelhas dançam para ninguém, recobrindo lentamente a fúria esquecida de proa e popa, leste-oeste, ouro e morte.

Sou levado ao torvelinho de cabelos negros em cujo centro obscuro ela sonha. Sua mão esquerda, ligeiramente crispada, é a antena óssea de uma algaravia remota, pré-silábica, que seu inconsciente traveste de sentidos precários. Onde está esta mulher que sonha? Vejo o corpo de Rute. Também vejo as paredes do quarto. Em ambos – corpo, quarto – encontro apenas a muda disciplina da matéria submissa. Sua alma (ou algo assim) está longe, entre farrapos de nomes, cacos de nexo, longe do silêncio azul que nos encerra.

Ardo.

Há quantos séculos estamos neste apartamento? As pessoas terão voltado às ruas? A Torre de Belém ainda se milparte no trêmulo espelho do Tejo?

Quem sabe o ar venenoso se dissipou, mas já estão todos mortos. E mesmo nós, em equilíbrio hidrostático no leito oceânico, somos só o eco abafado da vida que singramos. Espectros, sob a luz difratada de uma realidade inalcançável. Talvez um dia um anfíbio alienígena nos encontre, nos desencalhe. E lentamente suba com seu achado arqueológico, para expor à superfície o frouxo liame de um abraço corroído pelas eras...

É dia, com luminosidade de lua.

Não ouço mais o pânico das ambulâncias.

Apesar de estarmos no décimo andar, o gato sumiu. Ou não havia um gato?

Um vulto negro e reluzente corta o espaço, talvez um corvo.

Pensei que alguém gemia. Era o vento.

Sinto um calor que dilui os limites do corpo.

Me ergo com dificuldade. Sob pressão titânica, vou a passos lentos pelo corredor. As fotos da família na parede são *frames* de um filme do qual guardei apenas o furor. Chego à cozinha; curiosamente ainda estou deitado e já parti. Há um ovo sobre o inox da pia, um sol nostálgico na maçã.

Olho para fora. Faíscas de cardumes e o *slow motion* de arraias e medusas compartilham o azul hialino com gaivotas, esfinges, andorinhas.

Pego a maçã, ou ovo, abro a janela –

mergulho

Em busca do velho

Foi aqui. Foi exatamente aqui, pensei. Há mais de vinte anos.

Eu e Beatriz saímos do Palácio da Pena quando percebi os indícios desta trilha que retomei ainda agora. Parecia promissora. Às margens do fio de terra batida, um sol vítreo perpassava os pinheiros, cintilava em enormes ovos de pedra. Sem saber aonde aquele caminho levava, convidei Beatriz a seguir por ele. Não lembro o que ela disse ou fez, o fato é que segui sozinho.

Jogo suave de luz e sombra, aroma de resina, silêncio. Logo esqueci a arquitetura de fábula do palácio, a babel de turistas. Era uma paz conhecida, provada aqui e ali ao longo da vida. Aconteceu em Heidelberg, em Santiago, Lascaux, Maldonado, em outros lugares estrangeiros em que me afastei das cidades. Andar sozinho na natureza desconhecida me faz "recordar" outras vidas possíveis. Árvores, pássaros, cheiros, luzes de outros mundos libertam a imaginação de seu carrossel de referências.

A trilha era sinuosa, absorvente; não sabia o que me esperava à frente nem quão longe estava do ponto de partida.

Numa curva – esta curva aqui – vi o homem à minha frente. Tinha o andar destrambelhado e novidadeiro de meu pai. Os mesmos cabelos lambidos, reluzentes de brilhantina. Tinha, melhor dizendo, o andar e os cabelos do pai que pude costurar com os farrapos da memória e a linha do ideal.

Não era meu pai? Podia ser. Ao longo de meio século, mil vezes suspeitei que ele não havia se afogado naquela praia de Santa Catarina, em janeiro de 1971. Apenas atendera ao desejo de se libertar da família, da história, da vida prosaica, queria andar por aí sem a capa de um corpo. Era um corpo, outro, perene, dentro de minha arquitetura de fábula. O homem à minha frente era meu pai porque sua morte – inexplicável para um menino de seis anos – me fizera buscá-lo aquém e além dos compromissos com a realidade.

Segui-o. A trilha abriu-se. O sol acachapante diluiu o homem. Havia uma cruz manuelina encravada numa pedra sobre um penhasco. Apoiei a mão nela, maravilhado. Lá em baixo, ao pé da Serra de Sintra, o Tejo desembocava no mar.

De lá, pensei, encontrando a Torre de Belém, mais ou menos de lá, em março de 1500, Cabral partiu com uns mil e quatrocentos homens para... lá – para o infinito. Mil e quatrocentos portugueses pequeninos em cascas de nozes, sob cuja empresa feroz o Brasil eclodiria. Deuses e reis, ouro, índios mortos como moscas, negros enjaulados em porões de navios, negros mortos, falsa moral e meretrício, furtar, foder, um mar de urina, sangue, sêmen. O corpo de meu pai à deriva no futuro do passado... Recuei. A vertigem da história me fez tirar a mão da cruz ardente.

Procurei o pai.

Ele flutuava na luz oceânica.

Tapada das Necessidades

Lâminas de sol se infiltram pelas folhas, que dançam ao vento. Embaixo da árvore, um cardume de sombras passeia sobre duas adolescentes estiradas na grama. A garota que está deitada de costas fala devagar, olhando maliciosa para as imagens que suscita; a outra ouve a amiga de bruços, num riso fixo de espanto.

Lá atrás, a velha senhora sobe a alameda. Usa um lenço para segurar a bengala. Ela para, respira. Nuvem sobre ruínas, seus cabelos brancos flutuam acima do corpo exausto.

A bola vermelha cai diante do banco em que estou sentado. Olho em volta, à procura de quem virá buscá-la. Curiosamente, ninguém aparece. Imagino alguém que desistiu de jogar, de ter metas, de provocar em si as excitações da derrota ou da vitória. Penso num jogador que cansou de ser um joguete da bola. Ou então esta bola é metafórica, como no poema de Yeats. Foi chutada por mim na infância, descreveu um longo arco e caiu aos meus pés meio século depois, à beira da velhice. Se eu tentar lançá-la de volta, serei visto pelas adolescentes:

— Por que aquele senhor está a dar chutes no ar?, dirá uma.

— Se calhar chuta algo imaginário, dirá a outra, que invento, como a bola, como tudo. Mas o que é viver se não se inventar com as tintas da realidade?

A velha desaparece lentamente, sob a trama cada vez mais escura das árvores.

As garotas parecem ter adormecido.

Não é preciso esforço algum para que as coisas nos enredem sem cessar. Agora mesmo, sentado neste banco do parque Tapada das Necessidades, sou alvo da curiosidade simpática de um golden retriever, este que corre em minha direção. O dono vem atrás com uma coleira nas mãos. O cão cheira a bola, depois me olha. Língua de fora, ergue o rabo num aceno:

— Vamos jogar?

Não me mexo.

— Marley!, diz o dono. O bicho hesita, mas volta correndo para ele.

Marley, respondo, enquanto o vejo dar um salto para abocanhar a bolinha de tênis: hoje não quero jogar. Estive confinado por causa da pandemia; trago ainda o olhar de quem, durante meses, viu pela janela o mundo esvaziar-se. Primeiro as ruas ficaram vazias; depois, o sentido das coisas que se faziam nelas. Silenciada, submersa na memória, a cidade foi ficando distante, pequena, obsoleta. E isso foi bom. Livre das pequenas hipocrisias diárias, da pressa que aliena, das armadilhas econômicas que me prendiam à ansiedade alheia, voltei a mim, dormi sem amanhã, bebi sem ontem, li sem hoje. Agora, estou com dificuldade de voltar. Voltar para onde, Marley? Para o mercado das necessidades inventadas, dos desejos fúteis e insaciáveis? Para as forças centrífugas que me confundem e isolam? Já não gostava desse jogo; então tornei a provar a lentidão divina daqueles dias de infância, quando as mulheres conversavam longamente através das cercas, e o meu olhar se unia ao céu pelo fio de uma pipa...

Hoje, pelo menos hoje, Marley, não quero jogar.

O sol está se pondo. As duas adolescentes se foram. Marley já estará em casa; talvez tenha se deitado no tapete da sala, a olhar o enigmático rosto de seu dono, azulado pelo brilho do celular.

Pego a bola vermelha, caminho com ela sob o braço por entre o frio crescente do arvoredo. Chego a um largo. O pio estrídulo de um pássaro corta a penumbra. Ninguém me vê. Chuto a bola com toda força.

Quem sabe um dia ela caia novamente aos meus pés. Quem sabe em outro mundo.

As esquecidas

O sol de verão entorpece e esvazia as ruazinhas do Bairro Alto. Mesmo nas janelas escancaradas dos prédios antigos, não se vê ninguém. Não há vento. Diante do gradeamento de ferro das sacadas, as roupas pendem, duras, dos varais.

São onze horas.

Deitado no sofá da sala, suando, só em cuecas, já não consigo ler. Me obrigam a ouvir a missa.

A ladainha vem do andar de baixo. Como todos os domingos a essa hora, dona Napoleontina assiste à Eucaristia Dominical, na RTP 1. Deixa a tevê no volume máximo. A lenga-lenga melancólica ecoa pela rua, mas ninguém reclama. Nishan Singh, o comerciante paquistanês com turbante roxo de sikh, eternamente à espera de clientes na esquina, sabe que a velha é surda, solitária, que a tevê é sua única companhia.

Posso imaginá-la sentada na poltrona de veludo gasto, pequena, rechonchuda, entre santos de gesso descorado, andorinhas de porcelana negra e retratos de parentes mortos.

O padre fala na transubstanciação do pão e do vinho em corpo e sangue de Cristo. Sua voz lenta, assexuadamente sedutora, parece o fumo que emana do pêndulo hipnótico de um incensório. Vejo a velhinha atenta ao sermão midiático; mastiga gomos de tangerina, joga as cascas pela janela, sob a luz reconfortante do martírio sublimado.

Não há como me concentrar... Resolvo abandonar o livro.

Napoleontina, penso. Mais uma senhorinha dos tempos de Salazar. São tantas entre a população envelhecida de Lisboa. Sobre a roupa pobre, vestem até hoje o avental surrado que as protege da acusação de não estarem fazendo nada. Foram empregadas domésticas, costureiras, datilógrafas, balconistas, operárias. Foram o assoalho encerado de joelhos; a carne amolecida a martelo; a roupa da família lavada à mão, com água fria e sabão em pedra. Foram as escravas piedosas e insones de seus maridos, filhos, padres, chefes. Coração mudo, olhar baixo, desejos sufocados sob a glorificação da maternidade, da obediência e da virtude, foram a argamassa com que se ergueram as igrejas e bancos do patriarcado.

Quando, imperceptivelmente, seu mundo acabou, quando o patriarcado assumiu outros disfarces, já não sabiam viver sem o avental. Ainda o vestem pela manhã, e cozinham, enceram a casa e rezam para os fantasmas de gravata que levaram consigo a censura tolerante, o ensinamento grave, a explicação do mundo. A chave secreta de sua vida servil.

Andando por Lisboa, encontro essas velhinhas debruçadas no peitoril das janelas. Às vezes nem se debruçam, parecem espectros em pé, na penumbra, a olhar desconfiadas para uma realidade que já não reconhecem. Uma delas, criatura minúscula que vive ao pé de Alfama, ficou conhecida por espalhar migalhas de pão no piso da sala, para que entrem pombos e lhe façam companhia. Outra, com quem conversei brevemente na Feira da Ladra, me contou que teve uma filha, já falecida, dois netos, sete bisnetos. Só não se lembrava ao certo da voz do marido. Ia fazer cento e dois anos.

— Deus parece ter-se esquecido de mim.

A missa termina. Olho os telhados que encobrem a história íntima dessas casas, a maior parte delas hoje alugadas a turistas por meio de aplicativos.

Um dia viveram aqui os personagens que agora habitam a memória de uma velhinha surda, crédula, esquecida por Deus.

Maquinismo

5º andar

Parada em frente ao prédio, dona Ana segura uma sacola. Não gosta de pegar o elevador sozinha, fica olhando o movimento da rua até alguém chegar. Eu a cumprimento e, como de outras vezes, ela me segue. Coloco a máscara; dona Ana mantém a sua inutilmente pendurada no pescoço.

Abro a porta do elevador, dou-lhe a vez. Aperto a tecla do nono andar. Ela ergue a mãozinha em forma de gancho e aperta o quinto. O velho maquinismo sobe devagar, estremece, estala. Dona Ana me olha, às vezes, como se tivesse uma vaga lembrança de mim ou de alguém que supõe que eu seja. Num gesto confuso, puxa a máscara sobre o rosto, mas deixa o nariz de fora. Os bicos de seus sapatos, sob as barras da calça mole que roçam o chão, estão ligeiramente descascados. Vejo no espelho suas costas recurvas, os braços afastados do corpo como asas enrijecidas, de pássaro exausto. Dizem que vive com as janelas e as persianas cerradas. Será por causa do Covid? Ou já ficava assim antes, indiferente ao que se passa lá fora, numa sombra perpétua?

Suas bochechas magras descem formando um V suave; os lábios são severos mas delicadamente intumescidos. Nos olhos azuis, aquosos, nadam medos fugidios. Posso entrever, sob a trama fina das rugas, a jovem bonita que ela foi. Imagino-a há sessenta, setenta anos atrás, andando por Lisboa entre homens de gravata, no ardor contido de uma adolescência que aquele mundo conservador destinaria ao casamento. Pois ali estão, no ressequido anular da mão esquerda, as duas alianças: a dela e a do morto.

Chegamos ao quinto andar.

Ao abrir-lhe a porta aproveito para sair do elevador. Ela passa por mim, me olha; vai falar algo, mas desiste ou esquece o que pensou dizer. Some devagar na penumbra do corredor, até que seus cabelos brancos pareçam flutuar, sem corpo.

9º andar

Seguro o puxador de alumínio e me surpreendo com a garota dentro da luz de autópsia. Ao me ver, ela abandona o ar de enfado adolescente, ergue o celular, digita algo. Entro no elevador, largo no chão o saco de roupas sujas que levarei à lavanderia. Ajeito a máscara sobre o nariz. Ela aperta o botão de número sete, eu o T.

Por que veio ao último andar, onde, desde que viemos de Lisboa para cá, só vivemos Rute e eu? Certamente esqueceu de definir seu destino lá em baixo, e o elevador obedeceu ao meu comando. Talvez, inconscientemente, não quisesse chegar em casa; talvez achasse que já tinha feito aquilo que faz todos os dias, no automatismo do tédio. Seus cabelos castanhos foram cortados à pressa em duas paralelas bem definidas: a da franja, que vai até as têmporas, e a das extremidades, um pouco acima dos ombros. A camiseta larga e a calça frouxa no ventre, os tênis meio sujos, tudo nela parece recusar a sensualidade que o corpo apura.

Chegamos ao seu andar. Ela sai. Enquanto a porta se fecha lentamente, ouço uma voz abafada de mulher, censurando-a. Ela volta rápido, segura a porta no último instante.

— Desculpa, diz, embaraçada. Entra de novo no elevador.

Descemos. A garota, imóvel, parece a criança abismada quando tropeça no mundo objetivo.

Lá fora, vou para um lado, ela para outro. Depois de uns dez passos, me viro: a garota está sentada numa mureta. Olha o asfalto; o celular pende das mãos como inútil vara de pescar.

Térreo

Chamo o elevador da esquerda. O da direita está com a porta escancarada, presa por uma grande caixa metálica. Só se vê o fosso, os cabos de aço e a cabeça de seu Horácio. Há meses ele conserta obstinado o equipamento. Desmonta-o, tira dali vigas de ferro, comandos elétricos, roldanas, placas enferrujadas. É um homem de meia-idade, baixinho, resignado. Tento entender como mantém seu macacão sempre tão limpo.

Sob a luz histérica da lâmpada incandescente que pendurou em algum lugar, ele volta os olhos cansados para mim. Mas me ignora, abaixa-se e some no fosso.

Pego o elevador da esquerda. De costas para o espelho, sinto o suor escorrer sob a máscara.

As pessoas aqui não gostam muito de falar. Evitam-se. Melhor assim. Em vez de me exporem seus dramas repetitivos, impregnados de dissimulada violência, meus semelhantes se limitam a deixar pecinhas soltas para a imaginação alheia.

Eu as recolho, examino uma por uma. Como seu Horácio, tento interminavelmente integrar as partes de um obscuro maquinismo.

A caixa rangente para no quinto andar. É dona Ana. Por que está subindo?

Ela segura a porta, me encara e, dolorida, sorri, como se parisse um filho imaginário.

Daemon

Sobre um skate de rodas macias, só de bermudas e tênis vermelhos, o garoto desliza magrinho pela margem do Tejo. A brisa brinca com seus cabelos cacheados. E o sol lhe veste de suave bronze o torso nu.

Toca firme o chão com o pé direito; depois, ereto, em perfeito equilíbrio, deixa-se levar pelo prazer de voar. Nada lhe falta e – ele não sabe – nada jamais deveria lhe faltar. Melhor seria entrar assim na eternidade, sem camisa ou noção do mal que o cerca, voando desgrenhado pela manhã luminosa.

Sentado no banco de pedra, vejo-o abrir os braços enquanto acendo um cigarro. Olho o menino alado e solto áspera fumaça pelo nariz. Embora algo nos una, é quase fantasia lembrar que já fui um garoto como aquele. A distância que nos separa é um abismo insondável, onde tombaram, uma a uma, as alegrias da insciência, as ilações livres que o espanto emana, as forças cegas de um corpo que descobre e expande suas possibilidades. A distância que nos separa é o grito que não darei para o menino... que não me ouviria.

Ele some atrás da estação de barcos. Fico sem o *daemon* de sua beleza.

Gostaria de dizer-lhe (mas não diria) que não é culpa exclusiva minha, mesmo não sendo exclusivamente de ninguém: juntos, matamos o menino. O menino que surge e ressurge à nossa frente – matamos sempre. Herdamos o conhecimento, sabemos como fazê-lo.

O método é preciso.

Conspurcamos sua sexualidade lúdica com a função fabril da família; instilamos nele o tempo do dinheiro, constrangendo sua imaginação ao futuro; rimos de seus inventos, enciumados da criatividade perdida, e aos poucos o desinventamos. Contra sua visão inclusiva do jogo e do outro, criamos um minucioso sistema de pormenores práticos para envolvê-lo na construção de um cidadão sério, responsável, egoísta. Vencedor. Contaminamos o menino com países, religiões, profissões, números, sobrenomes, diferenças de sexo, de classe, de raça, desenhamos em sua nuvem multiforme o mapa sombrio das fronteiras. Qualquer sentimento original de igualdade entre as pessoas é desmantelado para que lhe reste apenas uma revolta doméstica, pálida entre paredes. O amor que tem por alguma coisa pequena e infinita (um boneco de pano, o galho de uma árvore no quintal) é transformado na fome insaciável por novidades, na insatisfação excruciante que o faz consumir e ser consumido por aquilo que descarta.

Não, menino, a gente não falha.

A coisa é feita por profissionais competentes, dedicados. Somos pais, professores, padres, pastores, chefes, políticos, gurus, cientistas, empresários, legisladores, químicos, policiais, médicos, poetas, não falta braço para desferir o golpe. E, graças ao diligente exército que temos para relegar o brilho transformador de seus olhos às trevas talhadas para um homem de bem, o menino morre um pouco por dia.

Ao fim, com perversa ternura, guardamos numa estante seu boneco de pano.

Está feito.

Levanto-me do banco de pedra. Caminho até a margem do rio, ando pela ciclovia. Lá longe, ainda vejo o garoto magrinho de skate, a fundir-se com os prédios gloriosos da Praça do Comércio. Do glorioso comércio.

Francisco

Chico espanta um bando de gaivotas: elas salpicam de branco o azul da foto que Rute faz.

Segue solto à nossa frente, afundando os pés na língua de areia. De repente, corre magrinho rumo ao esmeril de luz dos reflexos do sol nas águas do Tejo, até chegar à ponta da língua.

Caminhamos, Rute e eu, ao encontro do menino. Juntos, somos três silêncios que se alongam sobre águas verdes, serenas. Rute, pássara, atenta às possibilidades fluidas do instante, braços feito asas a envolver os joelhos, se senta na areia. Seu olhar pousa em Chico, que anda devagar pela orla, a observar caranguejos, peixes, moluscos, outros seres delicados que se movem no líquido vítreo.

A luz à minha volta se expande para dentro da matéria. Me sinto cercado pelos deuses. Súbito, me sorvem, sou parte deles, no sopro para fora que é um regressar a si, fundamente.

Longe, um barco de passageiros passa em direção a Montijo e eclipsa o devaneio. Não posso ouvir seus motores vorazes, não vejo a carga soturna, parece inocente brinquedo movido a vento.

— Pai!

Dou a mão ao filho, tenteando mais uma vez a realidade. Caminhamos para dentro do rio até ele ficar com água pelo peito. Nadamos mais para o fundo, lado a lado. Lembro que, há meio século, do outro lado do Atlântico, meu avô Leon nadava assim comigo. É como se, sempre a nadar por rios e mares, os corpos se transmutassem: o velho some, surge um menino; o que era menino bruscamente envelhece...

Com cautela, verifico se ainda dá pé para mim. Consigo tocar a areia, Chico sobe em minhas costas.

— Vamos mergulhar pra gente se ver lá embaixo?

Largo-o na água, me afasto um pouco. Mergulhamos. Seus cabelos dançam como algas, ele sopra pérolas de ar e sobe.

Voltamos. Vejo a silhueta esguia de Rute desaparecendo na curva da praia. Ela gosta de andar sozinha, observar, a esmo, a espuma dos dias.

Gotas estremecidas pela brisa escorrem por meu corpo, acordam a consciência da pele.

Com uma varinha, Chico desenha na areia um enorme círculo e, dentro dele, o seu nome.

Me distraio olhando para os lados de Lisboa, "Lá deve ser Xabregas". Me volto e Chico também sumiu, atrás da concavidade da língua de areia. Estou só, mas não: linhas finas e distensas de amor me unem ao menino que brinca além, à mulher que deambula invisível. Não há mal. Cala-se a máquina de necessidades e desejos; suas engrenagens, gastas pela nata de graxa velha e poeirenta, desprendem-se, encontrando a doce liberdade de vogar em vão.

Caminho em torno da palavra FRANCISCO, no centro do círculo irregular, de menino sem compasso mental, que vê numes em nomes escritos com letras de diferentes tamanhos. A beleza do imperfeito, destruída nas escolas várias e tristes que levam um homem a chegar à velhice com horror do erro, todo errado – a beleza do imperfeito emana ali a imortalidade do que jamais se autodefine.

Senhor Nunes!

A ambulância chega. Dois bombeiros descem da boleia, abrem a porta lateral e fazem uma espécie de parto: com mãos calmas, firmes, tiram do ventre do veículo uma velhinha trêmula de surdo espanto. Colocam a delicada criatura numa cadeira de rodas e levam-na hospital adentro.

A intervalos irregulares, a cena se repete. Velhos e velhas vão sendo trazidos nas ambulâncias vermelhas do Barreiro e do Montijo, recém retirados de suas tocas, mal-ajambrados numa roupa qualquer.

Apago meu cigarro e volto pela quarta ou quinta vez à sala de espera.

Lá dentro, decido ficar um pouco em pé. Teria que me sentar novamente de lado, numa manobra difícil, sem encostar na cadeira o doloroso quisto dermoide que cresceu sobre meu cóccix.

O hospital é uma força centrípeta. Parece puxar-nos mais e mais para dentro, sem que ninguém nos atenda ou liberte. Alguns, afinal, não sairão mesmo daqui.

Deve ser noite. Eu veria as horas no celular, mas não me permitiram entrar com qualquer pertence.

— Não temos onde guardar, disse a mulher que me entregou o saco com o pijama e a fralda. – Há algum familiar seu lá fora?

De modo que o tempo aqui é medido pelo gemido dos enfermos.

Deitado de lado, em jejum, observo meus semelhantes. Na maca mais próxima de mim, entre biombos, vejo um par de pernas masculinas, pálidas, salpicadas de manchas castanhas. É alguém que só consegue gemer garatujas sonoras

No outro lado da sala, bem em frente a mim, está uma senhora muito gorda, de sobrancelhas espessas, ar de coitadinha. Me lembra um grande urso panda. Estende a mão para as enfermeiras que passam atarantadas.

— Estou com sede! Estou despida! Um copinho d'água, p'lamor de Deus!

As enfermeiras a ignoram ou censuram:

— Acabou de tomar água! Temos muito que fazer, não invente!

— Não está nada despida! Deite-se!

Em diagonal, no canto oposto da sala, há um senhor quase careca, de suíças teimosamente negras. Deitado de costas, não se move desde que cheguei. Uma enfermeira se aproxima dele apreensiva, estapeia-o na cara.

— Senhor Nunes! Senhor Nunes!

Prepara rápida uma injeção, aplica-lhe no braço. Nunes estremece. A enfermeira fica a observá-lo por um longo tempo, até se dar por satisfeita.

Viro-me para o outro lado, sem encostar a bunda na maca, que é dura, de napa fria. Me cubro. Tenho vontade de fazer xixi, mas o único banheiro está interditado em função do Covid. Daí as fraldas, todos usamos fraldas no purgatório. Não sei se consigo fazer xixi numa fralda. Perdi o jeito.

Acordo, exausto. Um médico se aproxima com um estetoscópio a balançar no peito, tira as luvas, diz algo engraçado a uma jovem enfermeira de tranças grudadas na cabeça. Ela ri, sai correndo. Outras duas viram para cá e para lá um senhor magrinho, que já tem a pele umbrosa dos mortos. Tiram-lhe a fralda, limpam-lhe as nádegas, o pênis, colocam uma nova fralda. Ele não acorda ou finge não acordar.

Deve ser tarde. Já me habituei à dor, à sede, fome. Começo a me sentir parte desse liame de corpos trementes, desse coro de socorros abafado pela desolação comum.

Por mais que as enfermeiras injetem antitânatos em nossas veias, por mais que nos limpem e corram com seus Crocs em busca de sóis químicos para enfiar em nossas bocas secas, somos um cardume de ninguéns rumo ao nada.

Isso, de uma forma estranha, me alivia de mim, me iguala, me conforta.

Alguém pronuncia meu nome. Acordo novamente. O médico que me prescreveu exames e a drenagem do quisto, mal enfeixado na razão que resta, está diante de mim.

— Faremos a drenagem amanhã. Seu teste de Covid deu negativo.

— Por enquanto, diz algures uma voz esfiapada.

Maria de Lurdes

Os olhos castanhos são bolas de vidro fixas no rosto árido, sobre o qual tombam as molinhas hirsutas dos cabelos. Embora alguma sociabilidade resista num meio riso, ela parece anestesiada pelas obsessões circulares da insônia.

Num gesto secundário, deposita sobre a mesa o prato de enguias fritas com migas e me dá as costas. Fala só com Rute.

— Escolheu bem. Quer umas azeitonas?

Desde que chegamos ao restaurantezinho, não me dirige a palavra. Se digo ou pergunto algo, responde à minha companheira que, um pouco constrangida, tenta me incluir na conversa.

Xenofobia, penso, esse miasma do colonialismo que, aqui e ali, ainda empesta as relações deles com imigrantes das ex-colônias. Sobretudo com negros, pobres e mulheres. Se você for negro, pobre e mulher é como se andasse com um pontinho vermelho de *sniper* balançando na testa. Mesmo não tendo nenhuma dessas características, sou brasileiro, afinal; Rute é portuguesa.

Ou seria algo pessoal? Um desgosto inconfessável que tenho por nossa tola humanidade que, com faro simples, ela adivinha e rejeita?

Na mesa ao lado, porém, a mulher de olhos de cristal castanho faz a mesma coisa com um casal de portugueses, recusa-se a falar com o homem. Chega a pousar a mão no ombro da mulher, segredar-lhe algo.

Tento me concentrar nas enguias. Talvez em função do mal-estar, acho-as secas, um tanto agressivas. Também me aborrece a tevê ligada à minha frente. Não consigo não olhar para ela. Os assuntos do telejornal da RTP se intrometem como farpas do espetáculo midiático em minha conversa com Rute.

Há uma força centrífuga em toda parte, acelerada pelo tilintar dos talheres, pelos celulares ao lado dos pratos.

O primeiro-ministro anuncia novas medidas contra o aumento do número de casos de Covid-19. Teremos que ficar em casa das treze horas de sábado às seis de domingo. Comerciantes esbravejam na tevê. Uma garotinha perto de mim fala alto com sua avó, corre continuamente pelo restaurante atrás de um cão ou gato imaginário. Entre o primeiro-ministro, a garotinha barulhenta e a enguia-seca, converso com Rute sobre nossa anfitriã.

— Aqui há um problema, diz ela. Aqui há uma história. Ela chateou-te?

Explico-lhe (tentando explicar a mim) que a mulher dos olhos vidrados inverte os sinais: me faz provar a indiferença que o mundo feminino recebe em troca de doçura, sexo, procriação e servilismo. A solidão ressentida de quem não está no poder e, invisível, acena para primatas altivos, num inútil esforço de vindicação de seu corpo, de sua existência.

Terminamos o jarro de vinho verde de pressão. Pedimos a conta. Novamente a mulher inverte os sinais, entregando a conta para Rute.

Ouço o gemido do macho ferido vazar de um velho e viciado descuido em minha trama de críticas. Cogito pegar a conta, mas sei que agora sou examinado por quatro olhos (quatro mil) relegados à sombra, oniscientes.

Rute me diz quanto cada um deve pagar.

— Para algumas coisas eles têm que servir, diz a mulher a ela.

Então fala algo ao seu ouvido. As duas vão ao balcão. Me dirijo à porta, onde aguardo Rute. Saímos do restaurante. Respiramos lá fora a brisa do Tejo. Mas a mulher vem atrás de mim:

— E nem diz boa noite?

— Você nem fala comigo!, digo, subitamente liberado pela pressão do vinho. Você tem algum problema com os homens?

Ela põe a mão nas molinhas hirsutas. Ergue-as. A sinuosidade repulsiva de uma cicatriz, uma fenda horrível, estende-se de sua têmpora à nuca, recoberta por cabelos ralos.

— Estás a ver? Esta cova daqui aqui? O meu marido tentou matar-me.

Pergunto-lhe onde ele está.

— Está preso, graças a Deus. Condenado a sete anos.

— E quando ele sair?, diz Rute.

Eu não havia pensado nisso.

— Olha, filha, quando ele sair logo se vê. Seja o que Deus quiser.

Leão

Os respingos de tinta e as manchas escuras da pele envelhecida se espalham pelo dorso das mãos. Das unhas facetadas pende o pincel mais fino, com que faz a linha final do pêssego da parede contra o branco impoluto do teto.

Trabalha sobre uma escadinha de madeira, também ela sarapintada por décadas de pinturas. Franzindo o cenho, olha para cima com a cabeça bem erguida, a fim de usar a parte inferior das lentes bifocais de seus óculos. O grande nariz de francês é a barbatana de um tubarão já cansado de lutar por comida. Usa o boné de algum dos netos, talvez eu, onde se lê: "Bamerindus, o banco da nossa terra". Veste a calça jeans velha, que nem no varal deixa de ter joelhos; a camisa social puída; os sapatos ressequidos que em outros tempos só usava uma vez por mês, para ir à Caixa buscar a mísera aposentadoria.

Minha avó, que chamamos de oma, em alemão, surge da cozinha atrás dos vapores de duas panelas fumegantes.

— Robert, komm essen!

Ele desce a escada devagar. Mais de sessenta anos, tantas escadas. Tira o boné e tenta cobrir a calva com os longos cabelos brancos que ainda resistem do lado esquerdo da cabeça. Sua careca brilha sob o arado grosso dos dedos. Limpa os óculos na camisa – os olhos desfocados contaminam as sobrancelhas de lobisomem encanecido de um azul volátil.

&

Desço a escada, devagar. Quase cinquenta anos se passaram entre as paredes que continham meu mundo infantil e estas, que pinto agora. Meu avô e minha avó há muito habitam o érebo. Eu mesmo já me aproximo da idade que tinha o avô, naquele começo dos anos 70.

Examino a linha que fiz entre a parede cor de pêssego e o teto (branco, impoluto). Não é perfeita como a do minucioso Leon Robert, mas não está mal.

Tenho fome, é quase hora do almoço. Seria bom se a oma saísse agora da cozinha deste apartamento com duas panelas velhas, areadas até restarem só as manchas mais renitentes, os pontinhos negros que dão à mesa o calor de uma longa vida em comum. Me olhasse então com aquele olhar de censura prévia, sob as papadas severas que iam das pálpebras superiores às sobrancelhas.

— Marcos, komm essen!

Isso é impossível, eu sei. Vivo em Portugal, estamos separados pela massa imensa de águas e seres secretos do Oceano Atlântico. Estamos separados por meio século, pelo esquecimento que pousa sobre os fatos como pó recobrindo brinquedos largados num porão. Pelas arbitrariedades da memória. Pelo caudal cego e furioso da História e, por fim, pela linha abissal que abstrai os vivos dos mortos – os antigos vivos dos futuros mortos.

Decido que, antes de fazer o almoço, vou arrematar os rodapés da sala. Troco de tinta, de pincel. Enquanto com um pedaço de cabo de vassoura agito o branco cremoso da lata, vejo Leon como eu agora, de joelhos sobre o papel que protege o piso. Lembro-me da fragilidade quase fescenina de seus joelhos juntos.

Leon era o *pater familias* que minha avó e minha mãe nos faziam cultuar e que, desde que se aposentara, desde que deixara de ser o lacônico mecânico de aviões da Varig, esgueirava-se pela casa fazendo pequenos serviços domésticos. Com uma velha escova de dentes, limpava as frestas escurecidas do box do banheiro. Apertava os cabos das panelas e as portas do armário de fórmica usando chaves precisas. Reparava com massa corrida as rachaduras dos muros, que ali estavam na tarefa de nos separar de ciganos, tarados, cachorros loucos, bêbados e ladrões. Andava pelo telhado a passos de faquir, para trocar telhas trincadas, desentupir calhas, ajustar o ângulo da antena externa da tevê. Cortava a grama com uma máquina mecânica, um pesado cilindro de lâminas que mascava as folhas e invariavelmente engripava.

De noite assistia ao Jornal Nacional. Enquanto não acabassem as notícias da mídia da Ditadura Militar sobre a Guerra do Vietnã (mães de americanos sofrendo, viet congs tombando como folhas sob nuvens de Agente Laranja), devíamos guardar respeitoso silêncio.

Leon foi à época uma espécie de fantasma ativo, o homem bom, o soldado raso da máquina encolhido em sua organizada pobreza de aposentado, sem o cetro da chave de boca com que garantira aviões comerciais no céu do Brasil.

Até o fim da vida deixaria a casa um brinco, pintando, consertando, limpando, em silêncio, a casa da esquina na Vila Formosa, nosso *bunker* de ordeira submissão.

&

Já não pinto paredes. Pinto memórias. Almoço memórias, tal qual esta couve-flor, este aleph borgiano. Feita por minha avó, seria envolvida numa massa de farinha de trigo e ovos e, frita, rescenderia aos enormes seios maternais que abafavam os gritos dos jovens mortos pelos militares país afora, a cachorros loucos, a Nixon, ao mutismo do mecânico de aviões, à iminência de um ataque nuclear, a noites de estudo decorando fórmulas que evaporariam da mente após a prova.

Sem a pletora de sons, cheiros, imagens e dramas frescos da cena infantil, rumino agora, quieto e só, o couve-flor da fugacidade dos dias, enquanto repinto a parede cor de pêssego como quem recobre uma ausência.

Barco na chuva

Por entre as nucas das pessoas à minha frente, estáticas como eu diante da vidraça da estação de barcos do Barreiro, o Fernando Namora descreve um arco, estaca próximo ao cais e força, virando seus jatos potentes, a aproximação lateral. Um marinheiro com ar de burocrata faz voltas com os cabos de amarre nos cabeços do atracadouro como se assinasse um despacho. As rampas de embarque descem sobre o piso com seco estrondo metálico. As portas de vidro se abrem e as pessoas avançam, abúlicas, gado no brete, através do píer estreito. Sigo-as, sabendo que por um tempo não poderemos manter distância, calcando o medo sob uma objetividade necessária. Mas estamos todos de máscara, o que torna ainda mais opressiva esta marcha de trabalhadores rumo aos comércios de Lisboa, onde, sob o olhar de soslaio do chefe, farão coquetéis de bourbon e *lemon bitter*, servirão fumegantes travessas de bacalhau à brás, limparão pisos de imponentes e modorrentas secretarias de estado, se ajoelharão para tentear com o dedo o bico do sapato da madame em dúvida.

Busco um lugar à frente, no piso inferior. Consigo me sentar diante da janela frontal,

de onde vejo o Tejo sob a gaze da chuva. Um rapaz de cabeça raspada e jaqueta da nike, ouvindo algo que o torna abstrato através dos fones de ouvido, senta-se a duas posições de mim. Está bem assim, apesar de haver gente atrás.

O Covid, penso, impõe essa coisa horrível de medir lacunas entre os corpos. Sofremos mais por falta de casualidade do que pela sensação áspera de ir para o trabalho com uma focinheira. Isso de não poder me aproximar dos outros é como estar suspenso em mim. Também não gosto da desconfiança permanente de que alguém é mais doente do que eu. Ou mais displicente ou menos suscetível ou mais mortal.

O Fernando Namora navega no silêncio grave de sua rota comercial de homens. Atravesso um rio grávido de histórias que apodrecem em seu útero como papagaios e bananas que, um dia, foram trazidos de um exotismo escravizado para despertar a curiosidade flácida de um rei debiloide. Atravesso páginas de Camões, Bocage, Lord Byron, Fernando Pessoa. Atravesso o rio que atravessa a vinda deslumbrada e violenta de fenícios e romanos, pilhadores de toda laia, Sir Francis Drake, corsários de Napoleão. O espectro de navios negreiros e caravelas pesadas de seda, ouro, esmeraldas, canela, gengibre turvam estas águas que o Fernando Namora singra, deslembrado.

Chove, fagulhas lavam os vidros embaciados (alguém tosse e nós, mascarados, olhamos para o possível emissor do vírus). Gotas dedilham nos vidros do Fernando Namora, esse nome que ama e empalidece num barco branco perdido na névoa.

Há uma garota de uns vinte anos na coluna do meio, logo à frente de mim. De suas pernas cruzadas pendem uns tênis azuis, um tornozelo fino cuja fragilidade é um respiro de erotismo em meio à massa amorfa. Ela percebe meu olhar de lobo encanecido, descruza as pernas e liberta um discreto suspiro de enfado.

Estamos saindo do barco, mas não sei para onde vou. Tenho muitas coisas a fazer. Meu senso de utilidade, porém, perdeu-se no rio, na chuva, na melancolia de um dia comum.

Novamente as rampas e sua decisão metálica. O píer estreito. Lisboa, os edifícios de uma arquitetura cristã impiedosa, docemente envelhecida. Lisboa, este exílio que aprofunda o mito da vida que tive em outras terras, se é que tive, pois tudo já se encaminha para o presumido da fábula.

Não quero fazer nada. Vou inventar mentiras breves e críveis, procrastinarei. Amanhã corro atrás da porra do dinheiro. Hoje não, hoje andarei pelas ruas chuvosas, por entre vultos fugidios de guarda-chuva, em busca desse vazio que tanto me falta.

À sombra de Salazar

Espremido entre a parede lateral e o muro, sigo pelo corredor até chegar aos fundos do prédio. Paro diante da porta metálica azul. Está entreaberta. Passo reverente por ela, fecho-a. Com um estalido frouxo da velha lingueta, a porta trava.

Estou no minimundo das irmãs octogenárias.

Me curvo um pouco. Ando devagar roçando os cabelos pelas telhas translúcidas. Preciso me curvar ainda mais para descer a escadinha de lajotas impecavelmente enceradas e cruzar a porta liliputiana da sala.

Lá dentro, passo os olhos pelo vasinho de vidro cinzelado, de onde eclode em silêncio uma coroa de rosas, dálias e girassóis de plástico, hirtos sobre a neve perpétua da toalha de crochê; pelas fotos da família, que vão do sépia dos mortos ao colorido ameaçado pelo zinabre dos vivos; pelas estantes com partes fechadas e abertas, onde dormem esquecidas porcelanas domingueiras, santos e anjos baratos comprados em feiras extintas, o dicionário grave e inútil que escureceu entre criaturas a quem não ensinaram a ler. Aproximo-me da bíblia aberta com a imagem de Jesus segurando alegoricamente o pão e o vinho, a olhar, com esmaecida contrição, para o alto reino do Pai.

Tiro o casaco, deito-o com cuidado sobre o sofá de riscas marrons, tão frágil e tão conservado; é que as visitas quase não se sentam nele, posto que há uma cozinha logo ali na qual a vida borbulha em panelas e palavras de duas pequeninas portuguesas.

Com dois passos estou entre elas, acalmado pela aura suave de suas almas brandas.

— Olá, Maria Teresa. Olá, Esmeralda!

Esmeralda, revolvendo com a colher de pau o cozido, me oferece de viés um riso atrapalhado. Maria Teresa seca as mãos no pano de prato e me olha, firme e gentil:

— Então, como está o Marcos?

Ambas têm a altura de uma criança de doze anos. E a cozinha, embora pequena, abriga a mesa redonda, quatro cadeiras de espaldar alto, o fogão embutido em um nicho de azulejos, o armário de fórmica, a poltrona e a cama de Esmeralda, a máquina de costura de Maria Teresa, tudo entre mil bibelôs delicados, como o burrinho de feltro com o crucifixo pendurado no pescoço que evito derrubar do prego na parede. De modo que me movo lentamente, em busca de um lugar que as liberte de meu corpanzil, até que Maria Teresa pede que me sente no "meu lugar". Obedeço. Ajeito-me ali, de costas para a tevê.

Ela então me serve de vinho, azeitonas, queijo, pão. É o último dia do ano e, enquanto levanto a máscara para mordiscar o queijo, ouço o repórter dizer na tevê que haverá recolher obrigatório às vinte e três horas. Maria Teresa me observa.

— Tire a máscara. Isto é uma seca!

Explico mais uma vez que elas são a ponta do iceberg do grupo de risco. As duas sorriem, chateadas. As irmãs detestam as máscaras. Esmeralda quase não vai à rua porque se sente sufocada com o apetrecho.

Durante o almoço, em meio aos vapores do cozido à portuguesa, a conversa recai sobre os tempos de Salazar. Elas me contam que a fome era tanta que tinham uma ficha metálica com um triângulo vazado no meio. De posse desta ficha podiam buscar comida "na tropa" (o exército) ou na Santa Casa de Misericórdia. Uma vez por ano recebiam do governo uma roupa padrão, que deixava todas as mulheres iguais, feito clones de autômatos.

Nesse tempo eram amigas da filha de um vizinho melhor de vida. Era uma garota muito gentil e educada, me contam. Ficaram sabendo depois, quando o fascismo caiu e o vizinho e sua filha sumiram, que o sujeito era espião de Salazar. Denunciava aquela gente pobre e famélica quando esboçava alguma revolta ou comportamento estranho.

— O 25 de abril foi muito bom. Antes não tínhamos direito a nada. Para ter conta no banco era preciso o marido autorizar. Os homens faziam o que queriam, éramos umas sacrificadas. O 25 de abril foi muito bom, diz Maria Teresa.

— Foi muito bom, repete Esmeralda, sempre mais casmurra.

Maria olha para a irmã, depois para mim:

— Ela não fala nada. Fala mais com a televisão.

Fico sabendo, pela irmã de língua solta, que Esmeralda era valente quando jovem. A um patrão que tentou tocar em seu corpo na cozinha do restaurante onde trabalhava, apontou uma faca, pôs pra correr. Sei que sofreram assédios de todo tipo, talvez violações, até que lá pelos anos setenta decidiram viver sem homens, só as duas, nesta maquete em que mordisco agora um chouriço. A comida é sublime, o vinho é bom, a toalha de mesa rescende a engomada escravidão e, no entanto, alguma paz emana dessas duas meninas que sobreviveram aos horrores da engrenagem de um moinho infernal.

Saindo de seu mutismo, Esmeralda me conta que um dia foi entregar uma calça, costurada por Maria, a um comerciante instalado no Terreiro do Paço. Ele era indecente com Maria, mas temia Esmeralda, por isso era esta quem fazia a entrega. Ao chegar ao Terreiro, Esmeralda viu uma multidão ocupando eufórica a praça, cercada de soldados imóveis. Deu uma volta, esgueirou-se sob as marquises. Entregou o trabalho e voltou para casa. Não sabia o que se passava com o seu povo. Mexo-me na cadeira:

— O que era aquilo?

— Era a Revolução dos Cravos, suspira, olhando o prato, fazendo um bico de conformação pelos fatos inalcançados.

Ao fim da tarde, me despeço. Maria Teresa me dá meio coelho, um pedaço de bolo. Há algo fundo em suas pupilas, algo indestrutível que cautelosamente me acolhe. Esmeralda faz um vê invertido com as sobrancelhas, esboça o gesto de fazer qualquer coisa.

Como se guardasse um delicado segredo, encosto atrás de mim a porta metálica. Suspendo a respiração por um segundo, até ouvir o estalido.

Conversa com o daschund

Imóvel no ângulo formado pela estante de livros e a parede, sentado com as quatro patas bem unidas, o daschund me olha:

— Sobreviveremos a isso também. Eu com certeza. Você provavelmente, uma vez que fuma e bebe como um pirata e essas coisas, dizem, são uma poderosa proteção contra o Covid.

Sob a insistência do meu olhar, sua boca fina delicadamente cerrada e os olhos expectantes sorriem irônicos.

— Mas, claro, não sobreviveremos a tudo. Um dia você servirá de repasto à cegueira faminta de um piquenique de vermes. Mas parece ainda ter muito a suportar, meu amigo.

— Obrigado... – digo sem pronunciar palavra. – E ainda por cima este frio...

Colo o cobertor nas pernas.

Agora o dachshund não ri, as orelhas caídas como aspas que enfatizam a inocência de uma espera incondicional.

Encontrei-o há décadas numa loja de artes e antiguidades em Amsterdam. Eu caminhava havia uma semana à margem dos canais, sob uma garoa eterna, vendo as pessoas passarem de bicicleta com reluzentes capas de chuva. Estava um pouco abatido pela descoberta de que o "estrangeiro" já não me tirava de mim, e todas as cidades agora se conectavam pela mesma indiferente e desoladora velocidade. O mundo, com suas aberrações de pobreza e riqueza, seria apenas um Koyaanisqatsi?

Então, numa lojinha não muito distante do Rijksmuseum, vi o daschund numa vitrine. Estava num canto destinado a objetos de porcelana holandesa, entre uma cabeça de bebê maior do que ele e uma anja pequenina de vestido esvoaçante. Embora não comprasse quase nada em minhas viagens, me assaltou a impressão de que aquele cão, com sua carência *kitch*, embalsamado em caulim marrom, estava à minha espera.

Levei-o em minhas mudanças por diversas cidades. Quando me mudei para Lisboa, estive afastado dele por um ano. Chegou com os livros, num container que fez o caminho inverso de Cabral e Maurício de Nassau, como se retornasse em desalento ao peso do passado. Tirei-o do plástico-bolha. Olhou-me, vingativo:

— Então, velho. Chega de trapaças! É tolice tentar me esquecer.

Agora está ali, no canto, o pescoço erguido feito a batuta de um maestro, a reger o silêncio. Rute dorme há horas ao lado do aquecedor, que não dá conta do frio glacial. Eu aqui cheio de casacos, as pernas embrulhadas pelo inquieto cobertor, tento escrever. As ruas estão desertas, ninguém ousaria enfrentar essas coisas invisíveis, o ar noturno gelado, o voo cego do vírus faminto. Não há janelas para o que sinto. O que sinto é a ubiquidade da noite, o reverso plácido dos tumultos da vida. Mas não é a morte, posto que pulsa como relógio cuco numa casa em que um doente, solitário na cama, cisma a existência de Deus. O que sinto é a vertigem da vanidade de tudo. As próprias palavras de um possível texto, por mais sensíveis e atemporais, escritas a giz.

Me resta a boa conversa com o daschund.

— Onde estivemos mesmo?

— Curitiba, Brasília, São Paulo, Rio dos Cedros. Você é uma pessoa bastante inquieta.

— Conhece isto?

Procuro o livro de Hilda Hilst na estante. Folheio-o até chegar à página tão revisitada.

— Aqui! Achei: *Para onde vão os trens, meu pai? Para Mahal, Tamí, para Camirí, espaços no mapa, e depois o pai ria: também para lugar algum, meu filho, tu podes ir e, ainda que se mova o trem, tu não te moves de ti.*

— A literatura te faz bem. Mas obseda muito. A esta hora, nesses dias avelhados... Não seria melhor uma sopa?

— Sopa? Não tenho fome...

— Vá, vá! Sopa esquenta. E não tem metáfora. Chega de metáforas, você precisa é de uma sopa.

Reuni batatas, cenouras e um pouco de couve. Fiquei olhando a fervura, o cobertor agora nos ombros, estático como o daschund. Depois de comer, fui dormir com aquela frase de Rute na cabeça:

— Se eu pudesse, hibernava.

O cãozinho ficou lá na penumbra, a vigiar o sono inquieto do futuro.

Lavanderia Roupa Feliz

Subo a avenida deserta carregando duas sacolas de roupa suja. Da esquina à minha frente, brotam uma mulher e sua filhinha, ambas de máscara preta. Vêm em minha direção... Nunca vi as pessoas na rua como as vejo agora. São obstáculos de que devo desviar. Vou para a extremidade da calçada, junto ao meio-fio. É pouco, salto para o asfalto. Não olho para as duas quando passam por mim, por vergonha de meu comportamento profilático, de meu medo de morrer.

Faz um dia cinzento, frio, o vento escarnece do meu andar ofendido.

A lavanderia está quase vazia, um casal de velhos ao fundo. Entro empurrando a porta com o cotovelo. Escolho a primeira máquina, a mais distante do casal. Enfio as roupas nela, só então lembro que primeiro tenho de ir ao controle digital. Vou lá, seleciono Máquina 1, coloco as moedas na fenda do cofre; ouço o tilintar da alegria do empresário lá no fundo.

Suspiro sob a máscara, meio cansado de tudo.

Volto à Máquina 1, fecho a porta e o aparelho começa a ruminar minha sujidade. Sento-me numa das cadeiras dispostas rente à parede e fico olhando, através do visor, as minhas roupas serem lavadas com tão pouca água que apenas escurecem.

Tudo mudou tanto. As lavadoras de antigamente lavavam com água e produziam espuma espessa. Faziam um barulho assustador, às vezes tinham ataques epilépticos e saltitavam pelo chão. Dentro delas as roupas pareciam aqueles surfistas engolidos pelas *big waves* do Havaí. Eram cavalas mecânicas que, resistindo aos anos, enferrujavam lentamente sob os humores humanos, até morrerem de incontornável obsolescência. Esta aqui gira num silêncio vácuo, de ficção científica, muito lógica na face de aço. E será substituída, quando perder essa fleuma, sem que eu perceba, ao contrário das máquinas de antigamente, cujo fim suscitava eflúvios de luto.

Definitivamente, estou ficando velho.

Não tenho paciência, por exemplo, para o excesso estúpido de cuidado daquela jovem angolana de moletom grudado na bunda esférica. Ela passa álcool gel na máquina que vai usar, borrifando a coisa à distância, como se o vírus da covid fosse uma aranha. Tão grave quanto minha reação a ela é o fato de eu não a ter visto entrar...

Então chegam uma mulher cheia de certezas, de franja cortada à Cleópatra, e um homenzarrão de toca atravessada na cabeça, que parece *borderline*. O homenzarrão usa muletas, mas talvez não precise delas. Ele tenta acionar a máquina de café e não sabe por que ela engoliu seu dinheiro e está muda. Pergunta, sem olhar para alguém em especial, o que aconteceu. Ninguém responde. Vou até lá e percebo que ele não fez uma escolha, café curto, longo, capuccino etc.

— O que você quer beber?

Quer café curto. Aperto o botão e o homenzarrão, uma criança, sequer agradece: olha firme para o fio que enche o copo de plástico.

Atrás de mim, a velha senhora tenta abrir à força a porta da máquina onde lavou seu cobertor. O marido, um exaurido trabalhador da construção civil, manchado de pó de tijolo e caliça, sequer olha para ela, num mau humor que pode ser constrangimento de classe. Para "ajudá-la", a mulher da franja dominadora acusa-a de ter estragado a máquina por querer abri-la antes do fim da operação. Também puxa a porta, sem sucesso. A angolana se aproxima, dá um tranco vitorioso na porta.

— Às vezes é preciso forçar, diz ela, dando as costas para as outras.

Nem tudo aqui parece ficção científica.

A mulher de franja dominadora esconde o despeito, senta-se ao meu lado e olha para o celular fingindo indiferença – mas dá um tapinha nervoso nas pontas do cabelo.

O homem de muletas inúteis pergunta se alguém ali é do Barreiro. A velha senhora entende mal:

— Sou alentejana.

A angolana diz que sim, é do Barreiro. O homem pergunta-lhe se sabe de algum apartamento barato para alugar. Ela responde que não, mas, por gentileza, anota o telefone do homem.

— Se eu souber de algo...

Ele então abre sua pasta de couro e tira de lá uns impressos, em que diz que procura um T1. Estende-os para a angolana, que perde a paciência:

— Desculpe lá, não me leve a mal, tá bem? Mas eu não vou tocar nesses papéis com as minhas mãos. Guarde lá isso, não me leve a mal.

A Máquina 1 libera a porta. Recolho as roupas e saio da lavanderia, exausto, aliviado.

Desço a avenida sem vontade de ir para casa, mas não há o que fazer, literalmente. Entretanto, embora o confinamento me dê saudades das pessoas, quando as encontro me vejo como as máquinas tomadas pela ferrugem de minha infância, já à beira da incontornável obsolescência.

O talho do Moreira

Vento furibundo. Não tenho carne nenhuma. Como vou buscar carne com esse vento? Parece que a casa está pulsando sob os bafos do Cão. A chuva é uma louca nua, corre para lá, para cá, se esfrega nas paredes, rola rindo pelo chão. Portas estalam, janelas gemem. A cadeira lá fora acaba de voar, os grampos saltam do varal. A luz da lâmpada oscila. É o fim do mundo? Antes fosse, só tenho macarrão e preciso comprar carne.

Dois bifes de fígado, talvez uma coxa de peru... Codornizes! – é preciso enfrentar o vento.

Visto o casaco à prova d'água, as botas, tiro da caixa uma máscara nova. Surge no celular uma mensagem oficial. Há risco de inundações na região de Lisboa e Setúbal. Antes de sair, vou ao banheiro e descubro que até a água do vaso sanitário, holística, pulsa.

Quando chego à rua, a dança selvagem dos elementos me engole indiferente. Desisto de usar o guarda-chuva, ergo o capuz; inclino-me para enfrentar ombro a ombro o tranco da ventania. O calor da respiração sob a máscara embaça meus óculos. Não há ninguém na avenida trespassada pelas mil agulhas da chuva, exceto, sob o toldo da Casa Pandora, um mendigo negro, de rosto anguloso que me lembra "Os comedores de batata" do Van Gogh. O comércio está todo fechado. Nem mesmo o surdo-mudo abriu a banca de revistas, para ler, nos meus lábios ansiosos de fumante, *Um Chesterfield azul, por favor.*

Por que cargas d'água imaginei que o açougue, ou melhor, o talho estaria aberto? Deixo a avenida, percorro a ruazinha da lavanderia sentindo falta do vapor cheiroso de sabão que o duto na parede soprava sobre os passantes. Ao dobrar a esquina para entrar na viela do talho, é como se eu fechasse a porta. Ali não venta e a chuva cai serena, quase reta.

De uma janela lá no alto um homem velho me olha; não desvia o olhar abstrato quando o encaro.

Desde que me mudei para cá vejo idosos por toda parte, andando cabisbaixos, hesitantes, parados nas esquinas para olhar boquiabertos uma banalidade qualquer, sentados nos bancos de praça com suas máscaras mal colocadas. Aguardam vergados nas filas dos bancos, supermercados, farmácias, à espera de qualquer coisa que os ocupe. Muitos são analfabetos, produzidos em série pela máquina de alienação dos tempos de Salazar. Vez ou outra, quando os vejo, penso em como deve ser fosco envelhecer sem recursos para descrever sentimentos mínimos, mesmo que seja o *dégradé* do horror de um corpo em declínio.

Diante da vitrine do talho, respiro aliviado. A luz está acesa; o vermelho das carnes surge como morango entre folhas; Moreira, de costas para mim, destrincha um coelho na bancada limpa. Teremos carne, diz o aparelho sexual das minhas papilas gustativas. Acendo um cigarro. De avental branco, magro, semicalvo, Moreira exibe a dignidade do ofício. "Muitos anos a virar frangos", dizem os portugueses para o nosso "macaco velho". Há quarenta anos ele manipula este cutelo, que há muito é uma extensão precisa do seu braço. Corta o coelho inteiro na velocidade em que amarro meus sapatos. Apago o cigarro no chão, atravesso a cortina de tiras plásticas.

— Então, o que é que o Marcos vai querer hoje?

Resolvo levar um pedaço de músculo.

— Este é bom, tem gelatina, ele diz.

— Exatamente.

Ele sorri. Pergunta-me se quero a carne inteira, peço que a corte em pedaços. Ele pica a carne em cubos incrivelmente simétricos.

— Tempos estranhos, digo.

— Há muita solidão, responde, o cutelo cintilando sob a luz fria. Nasci numa aldeia do Norte, onde há muitos velhos.

— Curiosamente eu vinha pensando...

— Nós batíamos nas janelas deles para ver se diziam alguma coisa. Então era sinal de que estavam vivos. Agora uma pessoa morre e só se descobre pelo cheiro. Há muita solidão. Durante o dia, vá lá, há o que fazer. Mas as noites são terríveis, pá. De que lugar do Brasil o Marcos veio? Tenho lá um irmão.

Volto para casa segurando a ponta superior do capuz para que o vento não me destelhe. Estranho, esta rua parecia protegida. Lá está o homem na janela, atrás do vidro ligeiramente embaçado por sua respiração renitente. Devo ser, para ele, o que ele é para mim. Um fantasma contumaz da realidade.

Viro a esquina, sou encarado pela ventania:

Como passará as noites o Moreira?

Os lábios de Cyndi

Logo após o café da manhã fui andar pelas ruínas da fábrica de cortiça, na Quinta do Braamcamp. O silêncio decantado daquelas ruínas, em meio à paisagem agreste, me fala de outro mundo, me acalma. É um lugar plácido. Encontro poucas pessoas lá e, nesses tempos de peste, cruzar com alguém chega a ser um assombro.

E assim foi: não havia vivalma na Quinta. Sem ser visto, me permiti caminhar a esmo, buscando novos ângulos do que sobrou da construção. Diante do esqueleto de uma sala com lareira, fiquei na ponta dos pés e estiquei os braços para o céu. Uma flor roxa, minúscula, atraiu o meu olhar. Depois, um braço de casaco que nadava sobre uma pilha de tijolos enluvados de limo. Temerariamente, entrei nas ruínas e, através de um grande buraco no telhado, vi a cortina de uma nuvem velar o azul.

Foi andando ao acaso que acabei por chegar à praia de Alburrica. Segui à beira do Tejo, pisando conchas e caramujos crocantes. Na curva da praia avistei uma adolescente. Estava diante das águas, de braços cruzados, o casaco amarrado na cintura. De longe, parecia embirrada, como se desse as costas para a terra. O vento drapeava-lhe as roupas, os cabelos. Convinha não quebrar seus devaneios com minha aproximação, sentei-me na areia para olhar o rio também. Um rapazinho surgiu do lado oposto da orla, mãos nos bolsos, chutando indolente os galhos apodrecidos que a maré trouxera. Percebi a expansão e concentração de seu corpo quando deparou a adolescente. Diminuiu o passo. Aproximou-se dela cabisbaixo. Fingiu se interessar pelo que ela olhava (as águas trêmulas da inquietação interna?, pensei). Remexeu a areia com bico do sapato, tirou uma das mãos do bolso, hesitante, estendeu-a em direção à garota. Ia lhe dizer algo quando a adolescente se virou e veio em minha direção. A timidez e a humilhação do rapazinho, desprezado, com a mão no ar, fizeram subir do fundo de mim o eco de um fervor perdido.

Era 1978. Eu tinha catorze anos, fazia Eletrotécnica na Escola Técnica Federal do Paraná. Depois das aulas massacrantes, saíamos todos da escola apressados, excitados, com fome de almoço e ócio. Os de Eletrotécnica usavam guarda-pós azuis; os de Mecânica, verdes; os de Telecomunicações, cor de vinho, e assim por diante. Em meio a essa revoada colorida, eu andava duas quadras até o ponto do ônibus. Havia diversos garotos e garotas da escola na fila. Às vezes, entre eles, uma menina do curso de Decorações, de guarda-pó amarelo-escuro, uma aparição luminosa que me deixava turvo de desejo. Tinha cabelos castanho-claros, lisos, cortados um pouco abaixo da nuca. Era magra, pálida. Os olhos verdes pousavam nos outros com uma simpática condescendência de soberana. E abaixo do nariz quase translúcido, o fulcro dos meus sonhos diurnos: os lábios rosados, cuja delicada intumescência era um conjunto suntuoso de pequeninas almofadas. A borboletinha negra da volúpia já voava entre elas... O lábio de cima era arrebitado, ousado, o de baixo meio triste. Eu entrava no ônibus e esperava a garota se acomodar, para procurar uma perspectiva que me permitisse vê-la com discrição. Em geral ela se sentava e eu ficava em pé, recebendo os esbarrões da massa que atulhava a carroça barulhenta, aos solavancos de curvas e lombadas, ofendido de desejo por aquela boneca que falava sempre com uma amiga, inacessível em sua beleza superior. Para agravar a situação, usava tênis All Star e calças Levi's, coisas de rico, o que aumentava o abismo entre nós.

Um dia soube algo sobre ela. Era filha de um missionário norte-americano e de uma brasileira. Quando o informante me revelou seu nome, soou como um sininho tibetano: Cyndi. Nome de boneca americana. Cyndi, eu repetia à noite na cama, Cyndi, eu sofria imaginando-a de mãos dadas na praia comigo, Cyndi, eu despia seu delicado biquíni, Cyndi! percutia na areia da cama meu corpo em doce agonia.

Por cerca de um ano, pendurado no ônibus como macaco, olhei através das grades Cyndy passar por minha jaula, indiferente. Até que um dia não suportei mais meus delírios onanistas. Ao entrar no ônibus, ocupei a mesma posição de *voyeur*. Mas fui me aproximando dela. Estava quase à sua frente quando Cyndi me deteve com um lampejante olhar de Medusa. Ajeitou os cabelinhos, voltou-se para a amiga:

— O que aquele Mário pensa que é? Só falei com ele por pena. Detesto menino loiro! Ainda mais sardento...

Afastei-me devagar. Eu era loiro e tinha sardas do nariz à testa, com respingos nas bochechas. Ela sabia disso. Sabia que eu a queria, e me transformou em pedra.

Olhei abatido pela janela do ônibus para a cidade sem encantos. Me sentia sujo, feio, tão desejável quanto um cão sarnento. Sardento. Decidi nunca mais pegar o mesmo ônibus que ela.

Não sabia então que era, no futuro, o rapazinho em Alburrica, todos os garotos e garotas em Alburricas de todos os tempos, olhando desolados o rabo belo e infame da fera que se afasta. Descobrindo a solidão que os define, do nascer do sol à sua esplêndida agonia.

A caminho de casa, lembrei-me que Borges mencionava um livro de sua biblioteca que jamais leria. Uma história que nunca teria nas mãos, talvez por isso mais fantástica do que todas as que já lera. Sim. A potência das coisas intocadas. Aquele guarda-pó amarelo-escuro. O lóbulo da orelha sob a linha trêmula dos cabelos. A dilatação sutil das narinas. Os lábios, os lábios de Cyndi!

Lampião no carrossel

Diante da janela ensolarada, tomamos café da manhã. A primavera chegou, a temperatura está agradável e usamos roupas mais leves. A porta aberta para o terraço deixa entrar uma brisa amena. Rute vê algo no celular, prepara um pão com queijo e doce de abóbora. Eu viro a página do livro que estou lendo, Capitães da Areia. Leio a descrição de uma cena espantosa, que me faz sorrir de admiração. A cena me dá vontade de fumar. Sempre que leio algo potente, acendo um cigarro para pensar no mecanismo verbal que produziu tal efeito, nos ecos semânticos, fruindo uma intimidade cariciosa com o texto após o fulgor da primeira leitura.

O maço de cigarros, porém, está vazio.

— Não há mais tabaco, diz Rute. Podes ir buscar?

Releio o trecho epifânico, termino o café. Visto os tênis, a máscara, dou um beijo em Rute.

Há mais gente na rua agora. Algumas pessoas conversam desatentas, sem máscaras. É que, depois de um ano de confinamento, com o avanço da vacinação e menos casos de Covid-19, até mesmo a polícia relaxou. E o sol, as flores, a brisa, tudo chama para fora, para os outros, para a velha e boa vida das conversas nas esquinas, nos mercados e cafés fervilhantes, nos bancos de praça onde se costuram sem pressa os retalhos da vida alheia.

Entro no fluxo das criaturas redivivas, desviando-me delas quando posso, quando não esqueço que posso. Pela primeira vez em meses ouço uma gargalhada, vinda de algum dos apartamentos acima de mim. Uma gargalhada boa, natural, tive até a impressão de que alargou meu peito, acostumado às contrições da pandemia e do frio.

Chego à banca de jornal, a do homenzinho que está sempre na penumbra com a barba por fazer, de olhos macerados um pouco vermelhos. Peço-lhe dois maços de Português soft. Enquanto ele os providencia, vejo de relance os livros usados que pôs à venda entre as revistas. Em meio a porcarias industriais, há alguns bons, Mikhail Bulgakov, Naguib Mahfouz, Wole Soyinka. Pergunto quanto custam.

— Dois euros.

Lembro-me de umas obras que tenho em casa e não vou ler.

— O senhor compra livros usados?

Ele subitamente fica apressado, me entrega os cigarros, pega o dinheiro, olha para o próximo cliente atrás de mim:

— Tenho carradas disso na arrecadação. E as pessoas não compram...

Quinze minutos depois estou à beira do Tejo. Encontro um banco vazio perto da estação de barcos. Sento-me ali, meio zonzo, as palavras do homenzinho a rondar minha cabeça.

Tenho carradas disso, tenho carradas disso, tenho carradas disso...

Um pequeno veleiro singra o rio malemolente. Dentro de mim a engrenagem mental mói velhas ilusões: tenho carradas disso, tenho carradas disso... O depósito do homenzinho está cheio "disso", as bibliotecas, livrarias, todas abarrotadas "disso".

Tento conceber os livros, que tanto admirei ao longo mais de quarenta anos, como pesos de papel, revistas abandonadas por falta de imagens, inúteis caixas de palavras desprovidas de valor. Aquele homenzinho, sem as afetações de conhecimento da classe média, sofrido, iletrado, pragmático, deu nome aos bois: um livro, para a maioria de nós, é "isso". Um isso, ó Dante esquecido no Inferno, visto de diferentes perspectivas.

Uma parte da sociedade fica incomodada com a existência dele, do Livro, aquela que vê no conhecimento um dos degraus possíveis para ascender ao segundo andar. Esta lê um "isso" aqui, outro ali, até *chegar lá* e poder abandonar todos os incômodos "issos". Outra parte, a que está condenada a trabalhos mal pagos, como o nosso homenzinho, esta passa a vida vendo os "issos" como coisa excêntrica de gente ociosa, estudada, rica. E a gente rica coloca os livros na sala, ao lado de quadros e estatuetas, compondo com "issos" seu arcaico brasão.

Ajeito-me no banco, acendo um cigarro. Lembro-me do Capitães da Areia.

No trecho a que me referi do livro de Jorge Amado, Nhozinho França, empresário decadente que vive de um carrossel velho e descorado, está numa pobre vila do sertão da Bahia. Já havia percorrido os estados de Alagoas e Sergipe, já tivera ao lado do carrossel uma roda-gigante e uma sombrinha, que outros chamam de chapéu mexicano. Ganhara dinheiro com crianças ricas, "vestidas de marinheiro ou de pequeno lorde inglês, as meninas de holandesas ou de finos vestidos de seda". As mulheres então eram belas, os homens bons com ele. Mas a bebida tornava tudo mais bonito, e Nhozinho "bebeu primeiro a sombrinha, depois a roda-gigante". Agora, empobrecido, endividado, ele aguarda a noite de sábado e a tarde de domingo, para ver se ganha algum e vai embora daquele fim de mundo. Mas na sexta-feira Lampião entra na vila seguido de vinte e dois homens. Os cangaceiros, brutalhões "com vinte e trinta mortes nas costas", acham belo o carrossel, contemplam maravilhados suas luzes rodando, ao som de uma velha música de pianola. Esquecem de saquear, matar, estuprar: montam nos cavalinhos estropiados e gozam uma felicidade inaudita, uma alegria de meninos grandes jamais sonhada em suas vidas de camponeses.

Os livros podem ser este carrossel, me diz ali a orla. Podem, embora nem sempre o façam, libertar as pessoas de sua mísera cangalha cotidiana e torná-las leves, flexíveis, ludicamente elevadas como os homens de Lampião. Mas estamos falando "disso", do que cravou no vazio o homem da banca de jornais. E se amanhã ou depois as pessoas se verão livres da pandemia, felizes de retomar suas vidas, me entristece pensar que não abandonarão este outro confinamento: o dos que não provam a primavera das palavras que cortam a realidade e a expandem, do entendimento que percorre o mistério dolorido de outras vidas e se humaniza. Me entristece pensar que jamais provarão disso.

Só as sombras falam

Quando chego ao barbeiro, vejo pela vitrine que o nepalês está atendendo outro cliente. Espero do lado de fora, encostado à fachada da barbearia. No outro lado da avenida, à margem do Tejo, pessoas andam a pé e de bicicleta. Umas usam máscaras, outras, principalmente as que praticam corrida, resfolegam sem nada no rosto, deixando um rastro de gotículas invisíveis, sinistras. Solto no ar.

Há um café de esquina ao lado da barbearia. Ali vejo surgirem duas sombras longas. Triângulos isósceles de base mínima. Atravessam a calçada e se estendem pelo asfalto ainda frio da manhã de primavera. Não vejo as pessoas que as projetam, estão ocultas pela esquina.

— Não quero ir, diz então uma voz de mulher. – Não vamos nada!

— Não sejas medricas, responde um homem.

— Aquilo assusta-me.

— Mas vamos os dois, sem barulho, só precisamos de ouvir.

— Se eu for lá acima morro.

— Não morre nada.

— Eu vou... mas se me dá um ataque de qualquer coisa, tu ficas com o remorso.

As sombras recuam sugadas pela ruazinha transversal. Penso em ir até a esquina, preciso materializar aqueles seres que se afastam para ir ao encontro de algo assustador. Mas o cliente sai da barbearia. O nepalês já varre o chão e me lança seu olhar-anzol. Entro, aguardo; ele larga a vassoura, faz um gesto e eu me sento. Embora quase não nos falemos, frequento-o há mais de um ano, ele sabe o que fazer. Começa pela máquina nas têmporas. Acompanho no espelho os gestos minuciosos do estrangeiro atarracado. No rosto largo, acima da máscara (acima do véu de Maya, penso), o olhar desapaixonado de um buda esculpe minha cabeça.

Enquanto ele trabalha, ao som alternado do motorzinho e do repenicar da tesoura, me lembro da poeta Maria Giulia. Conversei com ela ontem através de um aplicativo. Estava na sala de sua casa em São Paulo. Apesar dos horrores políticos e sanitários por que passa o Brasil (essa treva que tem exaurido tanto meus amigos), Maria Giulia estava forte, bonita. Talvez influenciado pela conversa entre as sombras de ainda há pouco, lembro-me que ela disse andar inquieta com a distância entre as pessoas.

— Não só agora na pandemia, mas antes já: a gente está vivendo a crise da presença. Porque nas redes sociais não estamos ali, né? Não estamos num diálogo, não mesmo. Como dialogar sem a sedução ou o escárnio do olhar, sem um toque, por mais leve que seja, um "deixa disso" ou "essa é boa"? A gente se esconde atrás da capa da retórica, da lógica. Acho até que andamos todos com muita dificuldade do encontro real. Mas, caralho!, sem encontro real não há conexão, porque não há risco. Acontece que não existe transformação sem risco. O nosso encontro físico vai gerar uma coisa sobre a qual a gente não tem controle nenhum. Ainda bem, ainda bem! Essa é a graça de tudo.

Pergunto se ela continua a escrever.

— Sim, escrevo sim. Mas o que mais tenho feito são as atividades coletivas. O que a gente pode fazer agora não é buscar as pessoas, dar um pouco de energia? O desânimo é reacionário.

O nepalês passa a navalha pela minha nuca, eu não respiro. No espelho, a imagem transida de medo me ironiza, sorri para mim: *A navalha é o risco, você não tem controle sobre ela.* Sinto o arrepio da lâmina imprevisível raspando minha pele, acariciando o entorno da carótida. Por ela estou aqui.

Relaxo o corpo na cadeira. Algo se abre mais além do espelho...

Querer tudo isso. Querer a lâmina, o arrepio, a mão precisa do nepalês e a possibilidade de que ele tussa, me corte a artéria ou me passe o vírus. Querer a beleza do rio lá fora refletindo pássaros, o cheiro suave da loção que as mãos búdicas passam pelo corte adiado. Querer o poder transfigurador da arte, querer estar com as pessoas, com todos os conflitos e soluções que elas trazem, o caos de todo dia, os erros e acertos provisórios, os desastres e fulgores da carne, da tua carne, da carne comum, carne de mim. Querer a monotonia do relógio, a vertigem do infinito, a luta e os dentes quebrados, a derrota incontornável, querer a vitória do desejo, sempre mais além. Lúcido e atento querer o véu de Maya, suas dores fundas, seus prazeres esvoaçantes. Querer a resistência à morte, resistir aos homens que projetam seu estúpido não sobre o sim deste dia, deste povo, de todos os povos. Apesar de tudo, apesar de eu mesmo, querer viver junto com os meus próximos e os distantes de mim. Com todos. Contigo.

Newchance

Há uma loja no Barreiro que costumo visitar. Entro hesitante, como que pedindo desculpas antecipadas, porque não tenciono comprar nada. Chama-se Newchance, mas a afetação de elegância que o nome em inglês sugere nada tem a ver com o lugar. É uma loja estreita, longa e escura onde mal se pode andar. Prateleiras, balcões e araras estão atulhados de milhares de artigos usados, objetos tão diversos que os olhos e o olfato não encontram repouso naquele caleidoscópio do mundo *kitsch* da pequena burguesia.

Na vitrine uma pastorinha de porcelana branca e azul segura as duas pontas do vestido, junto a um cabritinho que olha terno para ela. Ao lado, um quadro com quatro azulejos emoldurados ordena: "Amai-vos, porra!". O tom bucólico e piegas da pastorinha e a vulgaridade sem pejo do quadro acompanham o visitante loja adentro.

Logo na entrada há uma estante de *bestsellers*, entre os quais um leitor mais exigente encontrará algum romance perdido de Mia Couto ou um razoável compêndio de história. Em frente aos livros, o busto de um manequim poderá estar usando um casaco cintilante da Adidas, com o capuz sobre a cabeça e uns óculos escuros enormes, de plástico barato. A partir dali a confusão se estabelece. Você olha ora para uma bolsa verde que imita couro, cravejada de tachinhas douradas, ora para uma saudosa terrina de vovó salpicada de rosas, ora para um vinil do Metálica ou da Amália Rodrigues. Sente cheiro de roupa guardada, de sapatos velhos, de livros, de velas, madeira antiga, brinquedos de borracha. Mulheres africanas, brasileiras e portuguesas remexem aqui e ali, em busca de algo que as redima. E de repente uma jovem negra surgirá excitada daquela barafunda, os braços cheios de roupas que agora chamam de *vintage*. Ou uma velhinha trará delicadamente nas mãos a placa fina de metal em que a Santa Ceia emerge em incerto relevo.

Fico ali meio sem jeito, quase nunca há homens na Newchance. E, como disse, não compro nada. Mas finjo escolher algo, reviro os *bestsellers* inutilmente, em busca de vida inteligente; ou examino uma xícara orientalizada, um eletrodoméstico que atravessou décadas intacto, bonequinhos de soldados franceses de chumbo, colares de vidro colorido... As mulheres, por sua vez, fingem não me estranhar, mas às vezes a dona, uma senhora loira, pesada e lenta surge lá do fundo, vem até mim com doçura no olhar: “Posso ajudá-lo?”. Respondo que estou só olhando. Estou olhando inclusive a dona, que arrasta os pés inchados, rosados como frangos atados em sandálias (os pés de minha mãe, que empurrava moribundos nas macas pelos corredores da Santa Casa de Misericórdia o dia inteiro e, à noite, levantava-os no sofá para ver novela de lado).

A Newchance é a minha nova chance de viver a infância que passei – ou seus ecos— nos subúrbios de Curitiba, nos anos 70. Fitas K7, carrinhos de lata, pastores alemães, costelas-de-adão, bobes, quadros com toscas paisagens idílicas, samambaias, mesas de fórmica, vestidos estampados com um laranja e um marrom que andavam sempre juntos. Aqui e ali um Cristo, uma Pietá, uma rosa de plástico. Minha avó ouvindo Julio Iglesias, *que nadie sepa mi sufrir*, enquanto eu aprendia no quarto que devíamos respeitar os símbolos nacionais, jamais rasgar a bandeira daquele país dominado por tiranos, jamais rasgar o pendão da esperança que não tínhamos. Meu avô a pintar eternamente as cercas que guardavam nossa pobreza digna, nosso conveniente silêncio. E matar um passarinho com uma funda, e depois olhá-lo morto como quem estupidamente apagou uma chama no escuro. E correr por aqueles campos entre fábricas e madeireiras, campos que ainda correm por mim. Sentir o cheiro do mato crestado pela geada, quando o sol o secava e eu ia para escola usando congas, calça de tergal azul e camisa branca (no bolso da camisa o nome da escola, homenagem à esposa de um governador bandido).

— Posso ajudá-lo? – repete a doce voz da mulher que tem os pés de minha mãe.

Pressinto o antigo vento. E vejo subir na penumbra o fio da pipa que um dia alcei ao céu, e jamais voltou.

O menino é pai do homem?

Os meninos correm pelo verde do gramado. ladeira abaixo. Somem atrás de um grupo de árvores, reaparecem do outro lado. Grávidas de luz, esparsas nuvens brancas deslizam pelo azul puro do céu. Ao pé do Monsanto, longe, vejo as duas torres da ponte 25 de Abril, com seus cabos principais ondulando sobre o espelho do Tejo.

Os gritos de alegria dos meninos, a ponte delicada feito maquete, a suavidade quase impiedosa do céu e o cheiro da floresta e da terra amornadas pelo sol de primavera me dão saudades de mim. Mais precisamente do menino que, como meus filhos agora, corria pelos campos sucessivos da minha infância, nas cidades em que vivi a fase mais estética da vida. Surgem unidas por um campo absoluto, em que corro e cresço até perder-me neste adulto.

Rute me convida a sentar na grama.

— Eu sou uma desleixada, diz. Esqueço-me sempre de trazer uma toalha, sumo, vinho, comida. Como toda a gente... – e faz um gesto largo mostrando os piqueniques organizados ao redor de nós.

— Na próxima vez trazemos.

— Tu sempre dizes isso...

Lá embaixo, no plano em que a encosta onde estamos aflui, os garotos jogam *frisbee.*

O disco amarelo é um sol portátil que vai da mão de um para a do outro e às vezes se rebela, adeja para fora do jogo. Um sol em órbita descontrolada, brincalhão. Eles então riem, se xingam, os corpinhos elegantes na carreira, atrás do pretexto para viver intensamente a realidade inventada.

Rute se deita, apoia a cabeça na mochila. Fecha os olhos. Seus longos cabelos anelados cercam o rosto, a ilha adormecida do rosto. Acendo um cigarro. Lembro-me da máxima de Machado de Assis, "O menino é pai do homem". Não é de Machado, recordo, é de Wordsworth. Machado se apropriou dela. Pouco importa, o menino não é o pai do homem. "Pai" carrega um peso imenso. Por exemplo, a autoria do universo. Por exemplo os martelos acolchoados do piano do patriarcado, com sua música de fundo marcial. Entendo, claro, a ironia da frase. Mas não, o menino não é o pai do homem. Não cabe um pai no menino, o relógio moral de um pai, a envelhecer o menino com as medidas herdadas de uma série infindável de garotos desfeitos. O menino – Chico lança o *frisbee* – é a semente que dói no homem – João finge não pegar o lançamento perfeito. A triste semente do que poderia ter sido e não foi.

O menino late dentro do homem, dilacera sua carne conformada com a liberdade perdida.

À minha esquerda uma tropa de escoteiras, vigiadas por um chefe atento e aborrecido, joga algo que não entendo, com uma bolinha vermelha de meia. Uma garota alta e forte passa pelas outras segurando a bolinha erguida no ar; o chefe bate palmas, motivador. A garota distribui seu orgulho para a equipe batendo palmas também.

De qualquer forma, penso, é a vida, sua hidrografia. O córrego translúcido e estrídulo da criança encontra o espesso, fundo mar do mundo adulto. Une-se a ele, consome-se nele.

Sem que eu percebesse, as escoteiras sumiram.

Um labrador negro cruza lento o campo até fundir-se ao plano verde.

Meus filhos vêm ofegantes e corados.

— Tô com fome. Vamos embora? – diz o mais velho.

Sinto vontade de beijá-los, ao mesmo tempo em que percebo que o objeto do meu amor é um menino afogado no tempo.

Rute recolhe nossas coisas, sonada, bonita. Sei o que os garotos querem agora. Não gosto daquela comida industrial, mas a cena me pôs generoso, disperso.

— Querem ir ao Burguer King?

Eles sorriem, ambos com as mãos na cintura.

Levanto-me, olho para a ponte tênue cruzando a impermanência das águas. De qualquer forma, é a vida. A voz cava do mar, por breve momento, ecoa o córrego estrídulo do menino.

Janelas verdes

A rua é a mesma que vi daquela vez, mas é outra. Nada mudou por fora, os casarões continuam graves, como que voltados para o interior senhorial, os paralelepípedos polidos pelo vai e vem incansável do tráfego humano, as ruazinhas transversais que levam ao labirinto das ladeiras, o respiro sereno das pracinhas – a rua está assim há séculos, na verdade. Mas só hoje percebo como é bela sua velhice decantada. Parece que, em algum momento, tesouro de naufrágio, a Rua das Janelas Verdes foi alçada de águas fundas. E, diante de meu espanto, cintila agora inoxidável ao sol.

Estive aqui e não estive?

Foi há dois anos, quando cheguei do Brasil. As janelas verdes, se bem me lembro, não tinham cor. Os azulejos ricos e variados que revestem as frontarias misturavam-se num formigueiro de arabescos. Os casarões não exibiam altura, volume, formavam aquela massa única de peso e sombra. Nem as pessoas que andavam por aqui se distinguiam umas das outras, passavam por mim projeções de aflição e sonho.

A rua termina, sento-me num banco do Jardim 9 de Abril. Estendo os braços no encosto, sigo sobre o Tejo um veleiro levado pela luz da vela. Então recordo o que aconteceu. Eu sofria o apagado viço de um amor que trouxera como ramalhete seco através do oceano. E deixara meu país roído pelos dentinhos de um rato, eleito através das manobras da gataria nacional.

Não, não podia ver janelas verdes naquela época, só olhar para dentro.

Entretanto, depois disso, dia após dia gastei meus sapatos pelas ladeiras de Lisboa. Entrevi através das cortinas a vaidade herdada de "barões gritando contos de réis", como disse Garret. Recebi afetos igualmente antigos, equilibrados entre a vaga doçura e a acidez sutil dos vinhos generosos. Conheci os navios negreiros dos trabalhadores que vêm à cidade consumir-se na máquina dos brancos, sempre e ainda. Percorri mudo os ecos palacianos do passado violento que nos engendrou. Comi o cozido à portuguesa castiço de velhinhas pobres que vivem em calorosas casas de Lilliput...

Se já não me vejo "fora", talvez não venha a estar plenamente "dentro". Isso, porém, não é novo: não andei sempre pelo mundo como se percorresse o longo caminho de casa?

Esqueci o veleiro, procuro-o. Sumiu sem que eu visse. Como o ramalhete, que algum dia abandonei à correnteza.

Tive a sorte de encontrar outro amor; um afeto calmo e duradouro floresceu de nossas mãos cuidadosas.

E lá, para além das águas, meu povo afunda, mas não morre. Quantas vezes já foi à lama, e ergueu-se, inoxidável ao sol?

Passaram mesmo por cima

O último carro passa, o sinal abre, Rute acelera devagar. Entramos na pista única da Ponte Dona Amélia.

Por entre as vigas vermelhas da estrutura metálica, olho para o rio. Escorre lento e pesado em meio às velhas terras do Ribatejo. Quanta história percorreu este veio vital, este rastilho de pólvora...

Lembro-me de Alves Redol, do que conta sobre os pescadores pobres de Vieira de Leiria que, há mais de cem anos, durante o inverno, fugindo do mar revolto vinham para cá pescar. À noite, dormiam nas pequenas bateiras com a família. De dia misturavam o suor às águas calmas, grávidas de peixes. Pela ação de suas mãos cortadas pelas linhas, enguias, sáveis e fataças saltavam para os pratos dos portugueses.

Pouco a pouco aqueles "ciganos do rio" foram ficando por aqui, esquecendo o mar, conta Redol. Construíram estas Aldeias Avieiras, que turistas como nós procuram em vão agora.

Obedecendo à voz monocórdia do aplicativo, Rute segue pela N118.

Sei que não encontrarei os avieiros. Já não existe mais aquela vida dura e larga do povo do rio, suas falas gritadas, a trama explícita de alegria, comércio, lamento, religiosidade, sexo. Eram tão pobres quanto vivos, de um jeito que não somos, irmanados, entranhados na natureza como a lampreia e o sável, que agora também estão em vias de extinção. A poluição e a pesca predaram o equilíbrio, apagaram, das duas pontas da linha tensa, pescador e peixe.

Chegamos a Escaroupim. Rute estaciona o carro no pequeno descampado diante do Tejo. Algumas pessoas passeiam pela margem, em frente aos trapiches. Dois barcos turísticos aguardam passageiros. São lanchas de fibra de vidro, cobertas por toldos listrados de azul e branco. Numa delas, um grupo sorri, confortavelmente sentado nos bancos estofados. Olhamos para trás.

A vila é um conjunto de casinhas de cimento azulejadas, com pequenas varandas que dão para jardins floridos. Das casas dos avieiros restaram muito poucas. Basicamente um conjunto de seis palafitas de madeira, geminadas, azuis e verdes. Estão na orla, a um metro do solo, suspensas sobre pilares para gravitarem acima das marés do Tejo, que hoje não as alcançam. Escadinhas paralelas, pintadas de um vermelho escuro, sobem da areia pedregosa para cada uma das portas frontais, que são baixas e ocupam metade das fachadas estreitas. Vê-se, pelo tamanho de tudo, que a gente que vivia aqui era pequenina.

No momento em que admiramos as casas, um casal de turistas italianos, celulares em punho, para diante delas e não hesita: pela sua reação, os dois acharam o cenário perfeito. Como gigante, a mulher sobe uma das escadinhas, senta-se diante da porta. Faz poses: de óculos escuros; sem eles; de lado abraçando os joelhos, em posição de feto; em pé, com a cabeça grande acima da moldura da porta etc. O homem tira fotos da companheira, mudando de ângulo. Depois, trocam de lugar.

Um tanto decepcionados, buscando o único ânimo possível, Rute e eu também fazemos nossas fotos diante das casinhas. Sem resistir, fomos ali também enormes fetos no útero seco da história.

Vamos aos trapiches. Rute avança por um deles. Paro no embarcadouro e pergunto a um velho barqueiro quanto custa o passeio. O lenho secular de seu corpo, castigado por sóis e ventos, não condiz com a camiseta nova que ostenta o logotipo colorido de um projeto turístico. Rapidamente compreendo que tenho a chance de conversar com quem talvez saiba o que foi a vida dos avieiros.

Exibo só um ligeiro interesse:

— O senhor é pescador?

O velho me examina. Em seu rosto uma rede firme de sulcos. Demora para responder. Então olha de lado, para o rio.

— Criei duas filhas dend'meu barco. Elas dormiam naquela divisãozinha ali

paradeira, e eu dormia mais a minha mulher na proa. Custa-me agora acreditar como é que a gente fazia isto... Morreu-me a mulher e as filhas, afogadas ali por cima de Vila Franca. E tava um bocadito de vento. E pois eu vinha n'áuga, começou a chover. Pus o toldi por cima. Então pois veio aquela barcaça, com uma luz pequena. Eu como tinha as redes presas no barco já não tive tempo. Passaram mesmo por cima. Foi o barco e foi tudo pa'o fundo.

Alguém o chama. O velho se despede, vai conduzir um passeio pelo rio. Vejo-o partir com o casal de italianos e alguns loiros nórdicos.

Rute vem em minha direção, convida a irmos embora. Digo que sim vendo o barco fazer a curva do rio, o tal logotipo tremulando numa bandeirinha festiva.

No carro, a caminho de Lisboa, me lembro do velho. Águas turvas sobem aos meus olhos. Vejo a paisagem, como quem passa sempre pelo ponto em que tudo foi para o fundo.

Carta ao amigo sumido

Meu caro Futuro:

Como vai, velho? Sumido, não manda notícias... Rute acha que você tem se limitado a uns poucos amigos ricos, e que aos pobres como a gente só dá sinal de vida quando está triste, desamparado. Não repare, ela anda cansada, aliás como todos nós. É que os dias, nessa vida virtual, se repetem feito vagões de um trem subterrâneo que não sabemos de onde veio, para onde vai. E a pandemia nos põe ainda mais isolados, mais intangíveis. Ouvimos o rumor esparso do tráfego dez andares abaixo, algumas vozes que esvoaçam... parecem ecos de um tempo morto. Enfim, isso tudo, mais uma recordação que lhe contarei, me deu saudades da antiga tradição epistolar. E de você.

Lembra quando nos visitava e abria os braços para nós, as novidades que trazia, como ríamos só de estar juntos?

Bons tempos aqueles, mesmo sabendo que nos fazíamos de ingênuos enquanto você já semeava, com a nossa tola conivência, a monocultura da matéria. Mas, enfim, "bola pra frente", como dizia sua voz fraterna.

Tento imaginar onde se esconde, o que faz hoje em dia. Por conhecê-lo há mais de meio século, acredito que esteja muito ocupado com as mesmas coisas que, infelizmente, o obsedam há um bom tempo. Progresso científico, tecnocracia, globalização de empresas titânicas, desmonte dos países pobres, dos direitos humanos, mais fome, medo, ignorância...

Só de pensar em você cavando sempre o gigantesco abismo social já fico cansado. Sem falar nos seus empreendimentos fantásticos, como levar alguns eleitos a Marte ou instalar câmeras de vídeo na memória das pessoas. Deve ser uma trabalheira insana, se for assim como digo. Mas, reconheço, sou minúsculo diante de sua esmagadora criatividade, infinitamente superior à minha.

Mesmo assim (ou quem sabe por isso) me permita lhe dar uns conselhos. Mas antes vou contar uma história. Posso? Sei que você não tem dado ouvidos ao passado, no entanto, por favor, gaste mais alguns minutos com um velho companheiro.

Como você sabe, quando eu era menino não existia computador, celular. Meu avô mandava cartas para sua tia, Frida, que morava na Alemanha, e só depois de uns quatro meses a resposta chegava a Curitiba. A família se reunia para ouvir as notícias, ver a letra segura e bonita de um ser quase fictício. O avô lia:

Lieber Robert: Gestern war es sonnig und ich war mit Julius spazieren...

Eu ficava fantasiando aquele sol mais brando da remota Alemanha, a rua florida e sublimada de misérias pela qual a tia e Julius andavam, suas roupas de uma discreta elegância, os gestos sóbrios, o mercado de peixes cintilantes a que eles foram e onde ela dizia ter lembrado do sobrinho distante, quando viu a palavra *brasilien* numa especiaria qualquer.

As cartas de Frida eram um meio de transporte suave para o devaneio; diante de nós estava a caligrafia lapidada de alguém que generosamente vertera naquele papel uma vida sem sobressaltos, alguém que não existia senão na imaginação, na delicadeza das cartas. O papel tinha cheiro, estivera nas mãos da emissária, atravessara o oceano num avião carregado de palavras a haver. Era palpável e mágico.

Então, meu genial e ansioso amigo, você criou as maquininhas da instantaneidade, e hoje – se já não tivessem ambos voltado ao pó das estrelas – Tia Frida falaria com meu avô quando quisesse, por vídeo, e o meu mercado imaginário de esplendores mundanos coincidiria com a comezinha realidade.

Fico triste só de pensar nisso, confesso.

Onde foram parar as cartas, meu caro, onde a espera longa, fricativa, onde aquela poltrona remota em que *tante Frida* escrevia, a poltrona de veludo vermelho maltratada pelo gato que ela acariciava, aquele gato alemão que eu via como se esculpisse a entidade felina de uma fábula?

Você vai dizer que ando saudosista, que virei um homem azedo. E virará as costas para mim, seguirá seu caminho.

Ok, meu velho. Mas não acha que anda simplificando tudo demais? A começar pelo conceito que o entrona: Mistério. O que você fez dele? Por quê? Certamente sabe que agora pensamos saber tudo, e que isso cria uma terrível carência de assombro. Como viver sem a possibilidade de que as coisas nos surpreendam, encantem, ou sem os poderes sutis desse vento íntimo, a utopia?

Meu bom Futuro, eu sei que não vai gostar disso, conheço-o, é altivo, fugidio, mas você anda cada vez mais parecido com seu pai, o Presente, que ultimamente tem acordado sem lembrar de seus sonhos.

Por que, meu camarada, você nos fez alargar as distâncias entre as pessoas, perder-nos em mil informações inúteis, numa insone interatividade solitária, enquanto são delidos bichos, árvores, mares, culturas, raças – o que temos de melhor nesta breve passagem pela Terra?

Precisamos tirar você dessa, *brother*. Antes que você mesmo se acabe.

Quando ler estas minhas palavras, talvez já me encontre no reino das sombras, se é que os mortos vão para algum reino e, de seu corpo esfumado, resiste uma sombra. Talvez, porém, me alcance vivo, bem velho – não sei. De uma forma ou de outra, espero que então as pessoas tenham saído desse transe tenebroso; a Terra e todos os seus seres, irmanados, respirem em paz. E você jogue esta carta ao vento, com o riso irônico de quem nos fez passar por um mar de magma para colher a flor cósmica de uma nova consciência.

O coração alheio

Meu amigo e eu estamos perdidos. Ele menos do que eu, com certeza, a qualquer momento pode reconhecer algo familiar no caminho e retomar o rumo. Está aqui há muito mais tempo, já andou por essas bandas em outras ocasiões. Imagino que é por isso que dirige o carro numa espécie de teimosa confiança, buscando conversar naturalmente comigo. Para mim, porém, não há norte. As cidadezinhas se repetem, iguais em sua arquitetura funcional de cubos amarelos, e as estradas que as unem mostram sempre a mesma paisagem meio estéril, entremeada de pinheiros e oliveiras. Os nomes nas placas de trânsito, apesar de seu poder de sugestão – Alhos Vedros, Cabeço Verde, Santo Antônio da Charneca – também não me situam senão em minha própria confusão interior.

Lá atrás, perto da Moita, quando mostrou indecisão sobre a rota e me disse, com uma ponta de inquietação, que estava sem crédito no telefone, tentei ajudar o amigo. Meu celular é muito velho, a memória está cheia e não conseguiria baixar nenhum aplicativo. Abri então um GPS *online*, que indicava uma única direção para a Lagoa de Albufeira, sem rotas alternativas. Seguimos por ela mas, a certa altura, ao informá-lo de que entraríamos à direita, ele me disse que não iria por ali. Não podia pegar uma autoestrada, costumava haver polícia e os papéis do carro não estavam em dia.

Um pouco tenso, não exatamente porque não sabemos o caminho, tento agora fazer o exercício de abandonar-me ao acaso. Só em parte dá certo, não me liberto de todo de um certo amargor infantil.

Enquanto meu amigo intui direções, lê placas, recorda-se vagamente de alguns lugares, penso nisso, no amargor infantil. Não desespero, nem angústia, mas amargor, como se a criança que fui sentisse "estar perdida" como condição existencial, algo que se prolonga indefinidamente e azeda. Para fazer alguma coisa na infância, qualquer coisa, precisava reagir a esta presunção de ambivalência: sim, estou aqui, mas não é onde deveria estar. Deveria estar lá, onde as coisas encontram uma ordem natural, fluida, sem ameaças internas. Precisava reagir à condição certamente artificial de estar perdido e, talvez, atirando-me a uma brincadeira eufórica até ficar com dor de cabeça, estudando até ver-me pálido e confuso, odiando os que me cercavam ou culpando-me disso a ponto de cair numa subserviência canina, lograsse romper a bolha de minha inexistência. Porque não, eu não existia, movia-me num fundo abissal, sob pressão indizível, entre peixes elétricos e seres transparentes, aquilo não podia ser a vida...

Meu amigo para num posto de gasolina, vai até a loja. Dentro do aquário, conversa com a mulher do caixa. Entrega-lhe dinheiro e pede informações, que ela dá apontando e contornando destinos com o braço. Ele volta, enche o tanque do carro.

— Estamos no caminho, me diz.

Senta-se ao meu lado e partimos.

Eu estava na casa de uma prima...

Era uma garota cheia de vida, parecia um moleque. Assoviava com dois dedos, andava sobre muros, passava os dias ao sol. Ao contrário de mim, era rica, tinha bicicletas, patinetes, bolas de basquete e vôlei, um impossível carrinho a motor. Brincávamos em seu vasto quintal e, uma ou duas vezes, levou-me para trás de um bambuzal, onde me beijou e saiu correndo pelo gramado, aos pulos.

Eu estava na casa dessa prima e almoçamos com seus pais. Eram figuras pétreas, educadíssimas. Falavam sempre baixo, em alemão, e dirigiam-se a mim em português, embora eu os entendesse o tempo todo. Compreendi, por exemplo, quando minha tia disse para a filha, servindo-lhe salada: "Ele é meio morto". A menina não respondeu, mordiscou uma folha de alface. Então olhou-me de lado e sorriu.

Mais tarde ela estava em cima de uma árvore. Do chão, eu via sua calcinha branca pelas frestas do calção vermelho. Devia estar excitado sem saber o que me acontecia. Apesar disso, aquilo, a garota entre os galhos verdejantes, era a beleza a me humilhar com sua impostura, eu podia senti-lo no sudário de vento que me envolvia, pois sim, era meio morto, estávamos todos meio mortos, numa pantomima de espectros que aguardam sua vez de submergir.

Ela salta da árvore. Nós começamos a correr juntos, corremos, corremos sem parar; a menina se cansa, me vê sumir na distância, eu corro sozinho, corro anos e anos afora, surdo de tanto ouvir o coração alheio bater em minhas têmporas...

Estamos parados no alto de uma colina. Meu amigo me diz alguma coisa. Descemos do carro. Ele bate em meu ombro, escondo um susto.

— Conseguimos, ele diz. E acende o cigarro da vitória.

Lá embaixo, cercada de uma suave auréola de areia, serena como um espelho, a Lagoa de Albufeira reflete o olho profundo do céu.

A droga da felicidade

Ontem pela manhã me deitei na areia com a cabeça apoiada em uma pedra, numa praia em ferradura ao pé da Serra da Arrábida. A água cor de esmeralda, as pessoas se divertindo, corpos ao sol, a brisa e as gaivotas me envolviam numa suave dispersão. Não tinha vontade de me concentrar em nada, mas fora até ali com a condição de voltar para casa com uma ideia. Ainda não escrevera a crônica da semana, e não havia mais prazo.

Entre o calor da pele entorpecida e risadas longínquas de crianças, comecei a aventar vagos assuntos. Nada de interessante me ocorria. Além do mais, já questionava a necessidade de impor mais palavras ao mundo.

Para que escrever qualquer coisa envolto em tanta paz, tanta beleza?

Diante de mim, o avô e o neto de uns dez anos jogavam frescobol. Mais à frente, adolescentes disputavam lugar num barquinho inflável, derrubando-se uns aos outros no mar. A jovem com água pela cintura mergulhou e, por um instante, sua bunda dourada cintilou e submergiu como o dorso de um golfinho.

Seguindo ao largo um navio esfumado pela distância azulada, adormeci. Acordei com o sol a pino. Sentei-me, peguei o sanduíche de atum que trouxera numa bolsa térmica.

Os adolescentes agora conversavam sentados em círculo. O avô e o neto haviam sumido.

Com a disposição renovada pelo sanduíche, voltei a pensar na crônica. Há dias lutava com o vazio... Por que não me surgia ideia alguma? Embora soubesse a resposta, não queria aceitá-la.

O problema é que ando feliz. Imperceptivelmente, cometi esse erro. Nunca tive tão pouca grana, tão poucos planos ou perspectivas, no entanto fui acometido por uma felicidade tal que vejo na tristeza alheia um vício adquirido. "Todos se lamentam porque sempre nos lamentamos", me diz ultimamente o evasivo ser de luz em que me transformei. Vivo nas nuvens e, quando alguém se aproxima com lamúrias, meto a viola no saco e vou cantar em outro lugar.

Feliz desse jeito, percebo agora, passo dedos sonhadores na face febril da vida, vejo flores em suas chagas. E já não escrevo nada. Sou Cândido a ouvir a arenga otimista de um Pangloss imaginário, e se não for expulso ficarei preso a essa felicidade altiva, no melhor dos mundos possíveis, como louco no hospício.

Por outro lado... Por outro lado são raros os momentos felizes, e na maioria das vezes só os reconhecemos depois que voltamos à opacidade habitual. E ali na praia o anfiteatro de pedras da serra, borrifado de arbustos, se voltava para o vasto palco ondulante do mar, onde o tempo dormia no seio do espaço; um nadador anônimo cruzava lentamente a enseada; duas crianças chapinhavam na orla, e eu tinha consciência: a vida, assim desatada de ambições e conflitos, não precisa ser descrita.

Não escreveria a crônica, portanto, não desta vez. Inventaria uma desculpa para os editores. Diria por exemplo que consumi, em quantidade excessiva, uma droga desconhecida que me deram sem que eu percebesse. Uma combinação pesada de leveza conjugal, trabalho prazeroso e um bom tempo para fazer nada sem culpa alguma. Talvez eles me censurassem, enciumados, porque esse tipo de narcótico é uma obscenidade para quem se esfalfa diante dos terabytes que gerenciam o sistema. Mas então diria que já estava ficando melhor, e que pra semana recuperava a tristeza perdida, encontrava um distúrbio e burilava duas páginas melancólicas e sublimes numa tela em branco.

Aliviado com a decisão, espreguicei-me e resolvi entrar na água. Estava gelada, mas aos poucos me acostumei. De repente, ouvi gritos abafados. Quando me voltei para a areia, havia uma confusão perto de onde eu me sentara. O careca musculoso discutia aos brados com a mulher gorda, tatuada nos braços. Ela ameaçava bater-lhe com um guarda-sol em riste; ele abria os braços, como se fosse estapeá-la. As pessoas à sua volta se limitavam a sentar-se e olhar, sedentas de drama.

Dei-lhes as costas e mergulhei. Lá embaixo, o sol retiniu num peixe prateado, que me recusei a comparar com uma adaga.

O outro jogo

Estamos dentro do bar, mas fomos abduzidos pela tevê. Portugal está perdendo de um a zero para a Bélgica. Faltam poucos minutos para acabar o jogo. Um sujeito chamado Thorgan Hazard fez o gol deles, ao final do primeiro tempo, e nada mais significativo aconteceu. Oscilamos agora entre a decepção e um fio de esperança, ora com as mãos nos cabelos, ora abúlicos.

Quando um jogador de Portugal dá um chute fraco, que cai fácil nos braços do goleiro adversário, o homem ao meu lado, magro, com barba de mendigo, enfia as mãos cruzadas entre as pernas; depois, encosta a testa nos joelhos. Penso na cabeça de São João Batista, servida a uma Salomé fria, espectral.

Atrás do balcão, Albino levanta mecanicamente os olhos para alguém que esbraveja:

— Mais uma derrota! Sempre à defesa, sempre na retranca, continua a envergonhar-nos e vai continuar lá!

Braços apoiados na mochila quadrada que tem no colo, o rapaz negro do Uber divide atenção entre o jogo e o celular. Não é o único que não está apreensivo, porque o velho de nariz roxo ignora a tevê. Olha para seu copo no balcão, diante do qual está sentado como se desse as costas para a tolice das emoções ilusórias. Às vezes dá um trago e pousa as mãos calejadas no tampo, feito dois remos abandonados.

Cristiano Ronaldo erra uma cabeçada; com ar calculado de sofrimento, examina de soslaio sua própria imagem na gigantesca tela do estádio. Sabe que é alvo de vários olhos da grande aranha eletrônica, de perto, de longe, de lado, de frente e até de cima. Deixa-se envolver pela teia invisível, joga enredado a ela.

Entramos na prorrogação. Os belgas passam a reter a bola na defesa, arrastam a partida. Reclamamos de sua covardia, sabendo que faríamos o mesmo se estivéssemos vencendo.

O juiz ergue o braço, apita o final.

Nos ajeitamos nas cadeiras, evitando olhar-nos. Fomos talhados para a derrota, parecem dizer as expressões ressentidas.

O sujeito rechonchudo que veste a camisa de Portugal declara que a carreira de Fernando Santos acabou.

Albino, que uns chamam de Dino, outros de Bino, leva uma imperial para o Alfredo, o careca de olhos esquivos, algo magoados. Alfredo faz parte do bar como a velha estante vergada sob o peso das garrafas e dos anos.

— Puta que pariu, pá! Que raio foi o Pote fazer nesta seleção?, diz Alfredo.

Albino abre os braços e as mãos como quem diz "pois".

— Finalmente acabou a festa, suspira uma voz grave às minhas costas.

Pouco a pouco a realidade se refaz e, esvaziados de excitação, retornamos à nossa dimensão prosaica. O tempo agora é lento, pesado. Não estamos mais fora de nós e já não há evasão possível. Teremos que voltar para nossas casas, onde nos espera a moenda da família, a conta vencida, a dor no peito que pode ser o coração exaurido. Além disso, acordaremos cedo para ir ao trabalho, para este outro jogo em que a derrota é mais longa e não se pode fazer a edição das cenas, cortar o que é feio, dar *close* no que é belo.

Os homens começam a ir embora.

Albino entrega uma bifana num saco de papel para o Alfredo, que se despede do amigo de lado, sem olhá-lo. O rapaz do Uber veste a mochila e sai, muito mais leve e enérgico do que os outros.

De meu canto vejo-os partirem, almas penadas que vão deixando a luz solitária do bar para serem engolidas pela escuridão.

Peço mais uma imperial. Albino me diz que vai fechar em quinze minutos, por causa da pandemia. Acerto a conta. Fico vendo a propaganda de um automóvel futurista e penso que preciso economizar para comprar um carro qualquer, por mais velhinho que seja.

O rapaz do Uber volta. Está com um capacete apoiado sobre a nuca, assustado. Albino, sem dizer palavra, pega atrás do balcão o celular esquecido e entrega-o ao rapaz. Ele sai aliviado, examinando o aparelho, que parece conter sua vida.

Vou ao banheiro e, quando volto, o velho de nariz roxo e Albino estão em silêncio, separados pelo balcão, unidos por algo triste que não pode, não precisa mais ser dito.

Saio para a rua. O vento fresco do rio renova-me a sensação agradável de amplitude, apesar de a cidade estar tão silenciosa que me pergunto se não foram todos engolidos pelo jogo.

Jaci no céu

De trás do prédio vizinho, surge lento o disco perfeito, radiante. Lançado há bilhões de anos pelo remoto discóbolo, azula agora o céu estrelado, deita sobre o terraço sua gaze branca e fina.

Do outro lado do Tejo, revela o espectro ancestral do Parque Florestal de Monsanto.

Me ajeito na cadeira: alguma coisa clareia o avesso da vida.

Hoje à tarde, Rute me disse que foi por causa da lua cheia que aconteceram tantos pequenos acidentes na estrada para a praia. Acha que as pessoas ficam meio loucas nesta fase. Pode ser. Aristóteles pensava isto, e os cientistas não têm uma resposta conclusiva sobre o assunto. Diante de algumas evidências, falam em "atração gravitacional", "campo magnético", "coincidência de ritmos".

Talvez Rute e Aristóteles estejam certos. Pode ser até que a gente fique com o instinto profético aguçado. Pois na volta da praia falamos de acidentes de motocicletas, um pouco antes de vermos aquele cerco de policiais e bombeiros, a moto tombada no meio. Não sei, não sei dizer do que a lua no auge é capaz, mas estranhei agora há pouco o longo e caloroso abraço que meu filho mais novo me deu, quando foi dormir. Parecia que ia partir em viagem para um sonho longínquo. E aqui ao meu lado, Rute estava autoirônica de um modo intensamente agradável. As coisas engraçadas que falava de si, de seus atrapalhos ao longo do tempo, nos faziam rir, diluíam nossas culpas e defesas, a ponto de eu me sentir envolvido por uma humildade cósmica.

Não terá sido incomum pela manhã aquela bebê negra no mercadinho da chinesa, a calça arrebitada pela fralda, dando tchau para todos que estavam ali, até mesmo para abobrinhas, cenouras e latas de milho? Ninguém ficou indiferente, e sua despedida uniu as coisas animadas e inanimadas num único instante comum. É verdade que a chinesa logo disse "Plóximo!", daquela forma robótica e encantadora, e o senhor à minha frente colocou bruscamente sobre o balcão o que tinha nas mãos, como se pedisse desculpas pela tolice daquele momento feliz. As coisas enfim seguiram seu curso, mas houve uma "falha".

Lá na Costa da Caparica, o casal de velhos dentro da água gelada e revolta, em que quase ninguém entrava, estava transando. Estava sim. Abraçada ao pescoço do homem, a mulher de repente olhou para o céu, e seus cabelos grisalhos balançaram pendularmente ao vento, como o rabo de uma égua.

A bruxa está solta. Posso senti-la agora, sozinho em minha cadeira de preguiça sob esse lume lunático. Quisera fosse sempre assim, e as coisas saíssem de vez das planilhas, saltassem para fora da realidade adestrada. Quisera uma perpétua lua cheia, um farol trocista destinado a provocar acidentes de lógica nos lançasse de encontro às imprevisibilidades de um mar oculto, perigosamente intuitivo, amoroso, amoral.

Um após outro, por trilhos invisíveis no céu, os aviões vêm lá do Sul piscando luzinhas, descrevem a mesma curva suave sobre a cidade e pousam no aeroporto. Meio adormecido, entrevejo a obra magna da bruxa. Homens aborrecidos abandonam seus carros para seguir um bebê que cumprimenta árvores e pombos atropelados. Amantes distraídos rolam nos gramados dos parques. Mulheres grávidas sobem em mastros para desfraldar uma bandeira em chamas...

— Pai.

Levo um ligeiro susto. O menino mais velho está no meio do terraço, de cuecas, com um cobertor sobre os ombros. Pergunto-lhe o que houve.

— Não consigo dormir.

— Algum motivo especial?

Ele se aproxima. Baixa os olhos, procura se lembrar de algo.

— Não sei o que foi.

— Você sonhou?

— Não sei.

— Está com fome?

— Acho que não.

Digo que se sente ao meu lado. E ficamos olhando a lua. Pouco a pouco ele adormece.

Pego o menino no colo, entro em casa. Levo-o para sua cama e me deito. No escuro, imantando pelas visões do dia, lembro que para os índios tupis-guaranis os astros eram deuses. A lua era Jaci. O sol, Guaraci. Não havia distância entre a natureza e o divino. Como não há nenhuma entre meu corpo e o sono em que, lentamente, afundo.

Pelo branco

Ergo o rosto da pia, me olho no espelho. Para minha surpresa, no topo da orelha direita, quer dizer, esquerda, estende-se um solitário, comprido pelo branco. Cresceu esta noite? Ontem não estava aqui... Ou fui eu que, mais uma vez, não vi o que se passava fora da cabeça? Sobe reto e, de repente, perde o vigor, se retorce como se houvesse sido chamuscado. Lembra uma antena abandonada. Não, uma bandeira, o pendão irônico do outono da carne. Enxugo o rosto, ponho os óculos, passo o dedo no filamento franzino. Mal posso senti-lo. Embora ao mexer nele perceba o ponto de onde vem, na curva superior mais crestada da orelha. E a orelha, ela, deve ser por causa do pelo, me revela seu aspecto ligeiramente fosco, macerado nas bordas, de cogumelo em declínio.

Resignado, procuro na gaveta a tesourinha de cortar os pelos do nariz. Sei que é inútil me alarmar, é só a neve, inevitável, que cai dos cabelos para as orelhas. Não se pode fugir ao tempo, e talvez eu nem o quisesse, se fosse possível. Há que negociar com o carcereiro, portanto, uma coexistência pelo menos mais tolerante. Não faço parte daquele grupo de criaturas que tentam afoitamente esconder a decrepitude com cremes, bisturis, tintas, forjando ridículos simulacros de juventude. Mas tenho noção de que, se sair por aí com o pelo branco hasteado na orelha, posso provocar alguma repulsa ou, pior, alguma pena. Porque hoje ninguém perdoa as pessoas que relaxam com as aparências. Somos reféns de uma imagem olímpica, de uma máscara de sucesso que pensa suplantar nossos vômitos internos. Temos que estar sempre bem, como se vivêssemos num eterno filme comercial. De tal forma que um sujeito que anda desleixado não é alguém que mandou o sistema de compra e venda de felicidade fácil a puta que o pariu, mas um *loser*. De tal forma que já não se vê pelas ruas os admiráveis velhos guedelhudos, malvestidos por indiferença, da minha infância, aqueles seres que pareciam ter superado o olhar alheio para libertar seu espírito esfaimado ao vento.

Então sim, ok, vou cortar o pelo branco. Sem pressa.

Mas onde está a tesourinha? Estava aqui, entre os cotonetes e o Voltaren. Não, acho que Rute a colocou em outro lugar, qual mesmo? Vasculho as gavetas de baixo, depois o armarinho com rodinhas ao lado do box. Não encontro. Vou até a cozinha buscar a tesoura grande. Também não está lá. Fico indignado, onde foi parar tudo nesta casa? Preciso cortar o pelo branco. Não que eu me incomode, mas ainda não virei um velho guedelhudo e livre.

Volto ao banheiro, acabo encontrando a tesourinha entre o Voltaren e o Tampax. Antes de cortar o inquietante invasor, me recordo de meu avô arrancando os pelos da orelha, com gestos rápidos, enquanto conversava comigo. Ele queria tirar até a raiz. Mas não escondia sua velhice, era mais um tique de impaciência com a condição humana.

Faço uma pinça com o polegar e o indicador, tateio o pelo na base e, com um puxão exagerado, aqui está o pelo diante dos meus olhos. Tornou-se minúsculo, quase invisível. E era tão expressivo! Atiro-o no ralo da pia, abro a torneira. Lá se vai a evidência da minha vergonha de ser velho, neste mundo esmagadoramente juvenil.

...

A aparição do pelo branco me fez lembrar aquele episódio interminável do passado.

Quando meu avô Leon Robert estava perto do fim, fomos pela última vez a Itapoá. Eu tinha vinte e poucos anos. Ficamos cerca de um mês na cabana de madeira, cercados de árvores e sapos, a brisa do mar a trazer emanações doces e pútridas da floresta.

Leon falava pouco, passava muito tempo recuperando a casinha, fechada a maior parte do ano. Eu o ajudava às vezes, pintava janelas, trocava telhas, remendava cercas. Mas me cansava daquilo de trabalhar, vazava. Deitado na cama dura de palha, lia horas embalado por uma longínqua trama sonora de marteladas e gorjeios. Era mais um vagabundo que o avô, cansado, admitia no mundo. Ele aprendera a labutar para esquecer, haviam-no ensinado a sofrer o caos dos pobres com pontualidade britânica. Mas me consentia.

À noite, acendíamos o lampião a querosene. Jantávamos num silêncio fundo e calmo, na frágil fronteira entre a vida e a morte, sabendo que se nutriam ambas das forças de sua aparente inimiga. Nossas sombras estendiam-se, longas, nas paredes, e uma reprodução barata da Sibila Délfica de Michelangelo olhava para algo atrás de nós. Era então que, quando me dizia algo sobre sua infância na França distante, vendo fantasmas da Primeira Guerra Mundial, ou sobre episódios de sua vida mais ou menos prosaica de mecânico na aviação civil, arrancava os pelos das orelhas. A sombra do gesto era a representação teatral, em negativo disforme, de um Nosferatu catando piolhos.

Ao final das tardes, vestíamos nossos calções de banho e saíamos do mato por uma trilha. Andávamos atentos, estapeávamos pernilongos sem desviar os olhos do caminho. Não era incomum um lagarto ou uma cobra cruzar a trilha à nossa frente. Meu avô então parava, detinha-me com um calmo toque de mão. Eu me espantava de ver o velho narigudo esperar uma jararaca seguir seu destino, como se estivesse na Avenida Paulista aguardando o sinal para pedestres deixá-lo ir para o trabalho.

A trilha se abria, o rastilho branco das cristas das ondas expandia nosso olhar. Atravessávamos a faixa de areia. Eu admirava seu corpo ainda atlético dourado pelo sol poente, apesar de um peso qualquer na barriga que lhe absorvia, discreto e sinistro, as formas tristemente fortes. Entrávamos na água. Imitava-lhe a fleuma, confiante, embora tudo dentro e fora de mim rugisse. E Leon e eu nadávamos, olhando-nos, nas pausas de um esforço medido para nos manter à tona, como amigos que se reconhecem, brevemente ridentes, nas flutuações do abismo.

pólen soft 80 gr/m2
tipologia palatino linotype
impresso na primavera de 2021